ナミダ列車

1時間5分、君とたどる奇跡

一ノ瀬亜子

The Namida Train
Ako Ichinose

CONTENTS

The Namida Train
Ako Ichinose

出発進行

Departure progress

――とても長い間、夢を見ていたような気がする。

私は湖の真ん中に立っていて、どこからか優しい声が聞こえてくる。名前を呼ばれている気がした。でも、それが私の名前であるのか分からない。

とても暖かくて、とても哀《かな》しくて、泣いているような、笑っているような、優しい声だ。

返事をしないと、と思った。答えてあげないと、と思った。

ゆっくり目を開けると、私はベッドの上にいた。カーテンの隙間《すきま》から差し込んでくる朝の日差し。

起き上がって、ぼんやりと外の景色を眺める。なんのために生きているのか分からないまま、ただひたすらに時だけが過ぎていく感覚があった。私を取り巻く世界にはいつも色がなく、モノクロだった。

鳥のさえずりが聞こえる窓の外。

カーテンの隙間から朝日が差し込んでいた。キラキラしている。暖かい。眩《まぶ》しい、太陽。――日光。

ぼんやりと外の景色をながめて、着想を得たのは多分なんとなくだ。……なんとなく、のそりとベッドから足を下ろす。

スリッパをパタパタと鳴らし、お気に入りの白いワンピースを引っ張り出した。

（1）新大平下
→ 新栃木

Shin-ohirashita
→ Shin-tochigi

東武《とうぶ》日光線《にっこうせん》は、埼玉県《さいたまけん》南埼玉郡《みなみさいたまぐん》宮代町《みやしろちょう》の東武動物公園駅と、栃木《とちぎ》県の北部にある日光市《にっこうし》の東武日光駅を結ぶ、東武鉄道の鉄道路線だ。ラインカラーはオレンジで、伊勢崎線の東武動物公園駅から分岐し、東武日光駅へと接続する。新栃木駅からは宇都宮線が、下今市《しもいまいち》駅からは鬼怒川《きぬがわ》線が分岐して、それぞれの路線に直通する列車も多く設定されているローカル線である。

鬼怒川《きぬがわ》線に直通する特急列車も多数ある。地元の住民に親しまれている特急スペーシアは、線路沿いで見かけたらつい視線を向けてしまうくらいの存在感を誇っていて、沿線地域から東京方面への通勤通学路線としての側面や、国際観光都市、日光を訪れる観光客の足としての役割も大きい。

「気をつけて行ってきな！」

「うん、ありがとうママ」

車から降りてきた女の子が運転席に座っている母親に手を振っている。女の子が改札の中に入っていくのを見届けてから、車が発進する音が聞こえてきた。駅のロータリーには送迎のために待機している車が数台あった。広い駐輪場を囲むように植わっているのは大量のイチョウの木だ。秋になると銀杏《ぎんなん》の独特な臭いと合わせて、地面が悲鳴を上げる。

見慣れている光景。スゥ、と小さく深呼吸をして、眩《まぶ》しい太陽を見つめた。

ただの最寄り駅。深い思い入れなんてないけれど、今日はこの古びた駅舎が普段とは違うものに見えた。上りのホームに車体が赤く塗られている電車が停車しているのを見て、競い合うように立ち並ぶ高層ビルやごった返す人混みを連想する。

東武日光線の〝快速電車〟は、特急料金が発生しないローカル線の中では一番停車駅が少ないといわれている。そのため、あれに乗れば浅草へも乗り換えをせずに行けるから便利なのだ。

首都圏の郊外に位置しているこのあたりは家賃も安いため、最近は集合住宅地が建設されている。山も、田んぼも、川もある。海はないけれど。

近年ではその圧倒的な住みやすさと豊かな自然環境が評価され、〝子育てに適している町〟として注目を浴びている。それが、――栃木《とちぎ》県栃木市。

だだっ広い関東平野を一望できる太平山《おおひらさん》は市のシンボルだ。かの上杉謙信《うえすぎけんしん》も訪れたというほどの由緒ある山の頂上には、太平山神社《おおひらさんじんじゃ》が鎮座している。

春には桜で彩られ、梅雨には紫陽花《あじさい》が咲き誇り、夏には木々の緑が生い茂り、秋には紅葉が楽しめ、冬にはごくたまーに雪が積もる。

そんな四季折々の観光アピールポスターを横目に、私は新大平下《しんおおひらした》駅の改札をくぐった。

栃木県栃木市は県南にある人口15万人ほどの街だ。

新大平下駅から三駅上ると隣の群馬県に入り、すぐに埼玉県へ接続する。片田舎ではありながら、主要都市への行き来がしやすいという点で近年移住者が増加している。そんなに住みやすいのかな。夏は毎日夕立があるし、冬は底冷えするほどの寒さがあるというのに。

――……カンカンカンカン。コンクリートに囲まれた年季を感じる小さな駅構内で、私はこれからやってくる電車を待っていた。

これは２０１４年６月７日のこと。近くで踏切の警報音が鳴り始めたのを耳にした私――早乙女《そうとめ》いろはは、その時、下り線のホームに立っていた。

胸元まで伸びた黒い髪がゆらりゆらりと風に乗る。開いていた手帳から視線を上げ、新大平下駅に乗り上げてくる電車へと目をやった。〝東武日光行き〟目の前で電車が停車した。レトロな車体は、見る者にどこか懐《なつ》かしさをも感じさせる。

新大平下駅から終点の東武日光駅までの15駅。——1時間5分で結ぶ〝普通〟電車。
プシュー……、扉が開く音が聞こえてきた。通勤通学の時間帯。ぞろぞろと電車から降りてくるほとんどは東南アジア系の外国人。

彼らが降車するのを待っていると、エキゾチックでスパイシーな香りが鼻孔をくすぐる。これも日常の風景。生活の一部。

この駅がこれほど国際色豊かであるのは、この町には自動車や電化製品を製造する大きな工場があるからだ。工場は外国人労働者を多く雇っているため、彼らは通勤のためにこの駅を利用している。だから、なんの変哲もないこのちいさな駅で、頭にターバンを巻いている人々を目にすることもある。

『新大平下〜、新大平下〜』

車掌の無機質なアナウンス音を聞きながら、私は東武日光行きの電車に乗った。朱色のクロスシートの車両は、とても趣があり、好ましい。

通勤通学の時間帯といえば、東京でいうと隙間《すきま》もないくらいにサラリーマンやＯＬが乗車しているイメージがあるけど、この路線の朝の風景は違っている。アウトドアグッズを身につけている乗客がクロスシートを取り囲み、談笑をしている。それに交じってサラリーマンや学生がチラホラと立っている光景。

「ママー、お菓子食べてもいいー？」

「あら、朝ごはん食べてきたのにもうお腹《なか》空いたの？」

「うん。だってずっと電車乗ってるから。ねえねえ、まだ着かないのー？」

「あと1時間くらいよ。お菓子食べてていいからいい子にしてなさいね」

「やった、わーい！」

　東京方面から乗っている人たちの多くは、きっとこのまま栃木県屈指の観光地である日光に行く。まだ見ぬ目的地に思いを馳《は》せ、癒やし、刺激、ちょっとした非日常を味わいにやってくる。

　ハイキングに行く格好をしている人と、制服を着ている高校生が同じボックス席に座っていることもよくあった。だから、テスト期間中で憂鬱《ゆううつ》な時は特に、電車の中で旅行客を見ると、このまま終点まで乗り過ごして現実逃避をしたいと思っていたものだ。

『ご乗車、ありがとうございます。当電車は――……』

　――さて、どこか席は空いていないかなあ。1時間5分も立ち乗車するのはさすがにキツイから、と思っていたけれど、今日は珍しくボックス席に空席があった。4人がけのところに1人だけ男の人が座っていた。「失礼します」と頭を下げて相席させてもらうことにする。

2両目、日がやさしく差し込んでいるこの席。ここにしようと決めたのは……なんとなくだった。

このローカル電車は、日常と非日常を乗せて南から北を繋《つな》いでいる。

私は、リュックに詰められているジュースとお菓子を膝の上に取り出した。ガタンゴトン。電車が揺れる。

高校3年生というのは、私の名前の横に並ぶ肩書だ。

でも、制服を着ずにのんべんくらりと腰を下ろしている。もちろんリュックの中には教科書やノートは入っていない。提出しなくてはならない宿題も置いてきた。持ってくる気もなかった。今日は学校に行くために乗っているわけではないからだ。

これは、私のちょっとした非日常。いつもの時間に通学電車に乗り、学校をサボって終点まで揺られてみたいと前々から思っていた。なんのためにしているのかも分からない勉強、学校に行って帰ってくるだけの日々、劇的な変化なんてない毎日のルーティンに、心のどっかで飽き飽きしていた。私はなんのために生きているんだろう。心の中にぽっかり空いた穴を埋めるみたいに、青空を泳ぐ真っ白な積乱雲を車窓から眺める。のんびり気ままに終点まで乗り、日光で観光をして帰ったら楽しいかもしれないって。気がついたら、まるで導かれるようにして新大平下駅の改札の前に立っていたのだ。うん、やっぱりいい。気分が幾分いい。

窓の外。住宅街を通り過ぎ、一面の田んぼを眺めていると市のシンボルである太平山がそびえ立っていた。

何年も、何十年も、何百年も、何千年もそこに存在している山は、東武日光線の電車が田んぼの真ん中を颯爽《さっそう》と駆け抜けてゆくのを、数えきれないほど見てきたのだろう。移りゆく町の景色を眺めてから、観光マップを開くことにした。

ある程度読み進めてふぅー……と伸びをする。

普段は通学に使っている電車のはずなのに、乗車する目的が違うだけでなんだかまったく別の乗り物のように思えてしまう。本を読んで世界観に浸るのも非日常。映画を見るのも、ゲームをするのも、非日常。日常の中に転がっている非日常はたくさんあるけれども、特に〝旅〟は人の胸を大きく弾ませる。

人が旅をすることをやめられないのはそういうことだ。感じたことのない気持ちに出会いたいから。

観光をするのなら、やっぱり東照宮《とうしょうぐう》は欠かせないよね、とさらにリュックを漁《あさ》ろうとした時のことだった。

「――いろは」

どこからか、私の名前が呼ばれた。え、なに？

ビックリして顔を上げても、周囲には私の知り合いらしき人はいなかった。なんだ、空耳か……と思ってまた観光マップを探し出そうとするけれど、

「おーい。いろは」

また不審な呼びかけがある。聞き間違いではない。誰かが私の名前を呼んでいる。どきりと胸を震わせ、通路を挟んだ向こう側のボックス席、後方……そして最後に真正面へと目をやった。すると一人だけ視線があった。

「無視するなよな」

私が腰を下ろしているボックス席――の向かいに座っている男の人。何歳か年上だろうか、まったく面識のない人からの視線だった。丸眼鏡に、もっさりとまとまっているくせっ毛の黒髪。万人受けするような端正な顔立ち。襟元がくたびれたグレーTシャツからは鎖骨が見え、さらりと穿《は》いているスキニージーンズからは華奢《きゃしゃ》な体を連想させる。

――間違いない。この人、私に話しかけている。どことなくアンニュイなその人は頬《ほお》杖《づえ》をつきながら、確かに私のことを見つめている。

「え……っと」

誰、だろう。知らない。知っている人かなと思ったんだけど、ぜんぜん知らない。

「やっと見てくれた」

「はい？」

「おはよう。いい天気だね」

なんだ、この人。なんでこんなに話しかけてくるの。私この人のこと……やっぱり知らないな。

「いやー、むしろ暑いくらいでびびった」

「えっと……」

「やっぱり外の空気は気持ちいいな」

少し開いている窓が風を作る。この男性は目を細めて穏やかに外の景色を眺めているけど、こっちとしては面識のない人に急になれなれしく声をかけられて困惑している。

「あ……あの」

怪しい。胡散臭《うさんくさ》い。素性の知れない男の人を前にして私は身構えた。

「どちらさまでしょう、か」

「どちらさまって？」

「あなたです。私、あなたと……知り合いでしたっけ」

あからさまに怪訝《けげん》な顔をする私に、彼はまんざらでもなさそうに口角を上げる。

「知り合い……まあまあ、なんだっていいでしょ。そんなにビクビクするなって」

「しますよ！　って、あっ！　何勝手に私のイチゴオレ飲んで……」

そして、あろうことかヒョイッと紙パックを取り上げられた。

何の躊躇《ちゅうちょ》もなくストローを咥《くわ》えるその人に目を丸くするのは言うまでもなく。

「あぁー、潤った。ちょうど喉《のど》渇いてたんだ」

「本当に信じられない！　なれなれしいにもほどがあります！」

普通あり得る？　ただ同じ電車に乗り合わせただけの男の人にここまでされるとは、通報ものだ。

それなのに、なぜこの人はこれほどマイペースなのだろう。

「ごちそーさん」

「ごちそーさん……じゃなくて！　何なんですかあなた！」

「ハルナです」

「はあ？」

「俺《おれ》、ハルナ」

「ハルナ……？　名前なんて聞いてません！」

不審者は窓枠にあるテーブルの上に紙パックを置くと、誰も聞いてもない名前を勝手に名乗ってくる。

「つーか、電車乗ったの久しぶりだわ。なんかいいな、昔から散々見てきたこの田んぼ風景も」

「……あなた、何者？」

「だから、ハルナだって」

「だから名前を聞いてるんじゃなくて！　なんだか怖いんですが……」

「まあまあ、細かいことはどうでもいいでしょ」

「よくありません！」

「うん、よくない」

「……もう、なんなのこの人」

不審者こと自称ハルナさんはヘラヘラと笑うと、丸眼鏡をクイ、と正す。

「じゃあとりあえず、いろはの隠れファンってことにしといて」

「いやいや、だとしたらそれはストーカーっていうやつじゃ……」

そもそも何で私の名前を知っているのかも言ってくれない。ハハハ、と笑っているだけで、本当のことを言っているのかも定かではないし、一体全体どうなっているんだ。

「ねえ、日光に行くの？」

今度はなんだ、と呆《あき》れ半分のため息が出る。

「え、こわ、やっぱりストーカー？」

「さあ、どうでしょう」

一人でのんびり電車旅をするはずが、どうしてこうなった。変な人に絡《から》まれた。まるで私のことをおちょくって遊んでいるみたい。面識のない正体不明な男がなぜか私の名前を呼んでくることも、まんざらでもない顔で飲みかけのジュースに口をつけることも……どう考えても変。

だけど、席を変えようと思わないのはこの人の顔が整っているから……？　めっちゃめちゃ怪しいけれど、マイペースな会話に付き合っていくうちに私の警戒心はだんだんと薄れていっている。これがおじさんだったら１００％通報しているだろう。

「そして、絶賛学校をおサボり中だということもお見通しだったり」

「えっ！」

――なんで。今は制服を着ていないのに。童顔であるにしろ、私が学生だってなぜ分かったんだろう。この人、何者？　やっぱりストーカー？

「いつも学校に行く時にこの時間の電車に乗ってるって、まさか知ってたんですか？」

「うん、まあね」

「それってつまり」

「——で、どこ行くの？　ほーん、東照宮《とうしょうぐう》か、いいねいいね。〝見ざる言わざる聞かざる〟でゆーめいだよね、そこ」

しれっとした顔で私が広げていた観光マップをシゲシゲと覗《のぞ》き見てくる。日光に詳しいのか何やらウンチクを語り始めるし、ほんとうにあなたはなんなんだ。

「ほら。急に妖精《ようせい》が現れたと思ってくれていいから」

「はあ？　意味分かんないですから！」

「まあまあ、細かいことは気にしないでくださいよ。いろはさん」

そんな、無茶苦茶な。妖精なわけないじゃん。

「あ、これ！　このお店すごい美味《うま》いんだよね！　分かる！　俺大好きここ！」

……聞いてないや。ハルナさんは観光マップに夢中になっている。この人はよく日光を訪れるのだろうか？　私に構うことなく食いついているところを見ていたら、なんとなくそう思った。宇宙人？　未来人？　魔法使い？

まさかね。そんなのあり得ない。ただのストーカーの線が一番濃厚だろうけど、どうやら私に危害を加えるつもりはなさそうなので、とりあえず一安心なのか？　不思議なことに、この人をそこまで畏怖《いふ》することはなかった。

「学校サボって、ぶらり一人旅か。うんうん。いいね、不良学生だ」

「……あの」

「分かるよー。たまーにさ、ふらっとどこか遠くに行きたくなる時ってあるんだよな。なーんにも変わらない日々って飽き飽きするし」

ハルナさんはペラペラよく喋《しゃべ》る。すぐに打ち解けられるわけない。ハルナさんの方が変なのだ。まったく、この人はいったいどの駅で降りるのかな。はやくどっかに行ってほしい。

「そうそう、いろは――」

「あの、それ、なれなれしいんですけど」

「それ？」

「名前を呼び捨てにされるの。初対面なのに」

すると、ハルナさんはくつりと笑った。

「呼びたいから呼んでる。ただそれだけの話だよ」

「……変な人」

「そうだね……いろは」

ハルナさんの丸眼鏡に陽光が差した。もさっとしている長い前髪の奥には、ガラスのように綺麗《きれい》な、そしてどこかうら寂しげな瞳があった。

けれど、またすぐに柔和に目を細めた。ヘラヘラした雰囲気を少しだけ引き締められた気がしたが、なんでもなかったみたい。

「もう一口イチゴオレちょうだい」

なんかもう、友達みたいになってないか？　なれなれしい彼の態度も、途中からもうどうでもよくなっていた。変な人ではあるけれど、とりあえず悪い人では…なさそう？彼の独特なコミュニケーションに馴染《なじ》みつつある自分に呆れているとハルナさんはなにやら紙パックを眺めて眉《まゆ》を下げ始めた。

「イチゴオレなんて久々に飲んだな」

「え、好きだから飲んだんじゃないの」

「いや、どちらかというと懐かしくて飲んだのが正しい」

「なんですかそれ。急にシミジミとしないでくださいよ」

「あら、手厳しいね」

ハルナさんは少し残念そう笑った。どう返したらいいのか分からなくて気まずくなる。

「いちごオレ好きなんで、そんなに飲まれたらなくなっちゃうから困ります」

「ごめんごめん」

「まあ……ハルナさんからしたら子どもっぽいって思うんでしょうが」

ふうん、とそれとなく反応したハルナさんは「そうだね……見かけによらず子どもっぽい嗜好《しこう》かも」とぼやいた。

え？　それって……見た目は大人っぽいのにって言ってる？　本当に？　待って、やだ、はじめて言われた。童顔であることが悩みだったからちょっと照れ……ている場合ではない。

「ていうか、そもそも！　女子高生が飲んだストロー咥えて、ニヤけていいと思ってるんですか！」

「ひどい言いようだなあ。でもニヤケたのは認める」

「変態！　変態おじさんだ！　やっぱりあなた、私のストーカー！」

「おじさんって……それだけはほんと泣く。泣いていい？　変態呼ばわりされるのは百歩譲っていいとしても、おじさんは泣く……せめてストーカーお兄さんくらいにしてくれるとありがたいんだけど」

私が冷たくあしらっても平然としていたのに、今は本当に傷ついているみたいだ。やはり摑《つか》みどころのない人。高校生の私とは違い、相手は大人であるとはいえ、若者だ。

さすがにおじさんは言い過ぎたか？

気まずさに口を結んでいたら、ハルナさんはまたマイペースに雰囲気を変えた。

「あ、このお土産めちゃくちゃウマいんだよなー。懐かしい」

「話コロコロ変わりますね」

「ここも写真撮りまくったなー。俺写真ヘタクソなのに」

「ていうかそれ私のだし」

ヒョイ、と観光マップを取り上げたハルナさんは、引き続き私のパーソナルスペースをぐりぐり破ってくる。

いつの間にか、この変な男の存在に慣れているのが恐ろしいと思いつつ、一面の田園風景を眺める。隣駅である〝栃木駅〟に到着すると、チラホラと降車する人の姿があった。階段を下りてゆくその姿を私はただぼんやりと見る。

プシュー……、扉が閉まる。再び動き出す電車。ただ運ばれているだけのようで、この乗り物は確実にどこか……そう、どこかへと導いている。

線路の先に何があるのだろう。日常から離れた世界が広がっているのかもしれない。変化のない日々は時間が止まっているのと一緒で、人はそこから脱したくて旅をする。なんのやる気もなくなってしまった高校生の私は、こうして学校をサボって、なにかを求めて電車に乗ったのだ。

「ねえ、なんで日光なの？」

　ぼんやりしていたら、ハルナさんが声をかけてきた。

「え？」

「だって、高校生がサボるんだったらもっと違うところもあったでしょ。下りじゃなくて上りなら、東京に1時間ちょいで行けるよ」

　観光マップから顔を上げたハルナさんは素朴な疑問をぶつけてくる。

　確かに、栃木県を通る東武日光線は、下りは東武日光方面に、上りは東京方面へ向かう路線である。浅草〜東武日光間を走る快速電車があるくらいだもん。栃木市からは東京なんてスイスイのスーイで行けてしまう。特急料金不要の列車のなかでは、停車駅がもっとも少ないことで有名だしね。憧《あこが》れの東京にショッピングにでも行けばよいだろうに、なぜ北へ向かうのかと。要はそういうことで。

「単純に好きだから、ですよ」

「へえ。好きなんだ、日光」

「はい。無性に惹《ひ》かれるというか……ほら、栃木の観光名所だし、神秘的で。嫌いな人はいないんじゃないですか？」

「ふーん。どういうところが好きなの？」

「……ていうか、なんでそこまであなたに教えなきゃなんないんですか」

　ハルナさんの瞳はまっすぐ私に向けられている。しばらくしてから「ケチー」と唇を尖《とが》らせたけれど、私はさっきからうすうすと気づいていた。

　ヘラヘラしているようで、案外ハルナさんは私のことをちゃんと見ている。

　観光マップをやっと返してくれた。

「確かにいいよね、日光って」

「本当にそう思ってます？」

「思ってる思ってる。そういえば、よく思い立ったように日光まで走りにいってるヤツらとかいるけど、県南住みなのによくガソリンもつよな」

「車？」

「そうそう。あの辺は運転好きにとっては夢の楽園なんだと。峠道がいいらしい。俺運転免許持ってないし、よく分かんないけど」

「奥日光とか結構な標高ありますしね」

「あー奥日光も、懐かしいな……」

　不覚にも、随分と打ち解けてきた話し方をしてしまった。

　栃木駅を発車すると再び家々が窓の外を流れてゆく。ハルナさんはそんな風景を眺めながら何かを考えているようだった。

「ずっと、行けなかったから」

そして、ぽつりとなにかを口にした。

「え？」

「……ん？」

「何か言いました？」

「いや？」

「そうですか」

「おっ、ていうかお菓子！　食べよ食べよ」

「ねえ、私とあなたは友達ですか……」

「ハハ、確かに友達ではないね」

〝では〟ない……？

ハルナさんの独特な言い回しにいちいち反応するのは、疲れてしまった。

「とかいいながら手が伸びてます」

本当に自由な人だ。なんで知らない人と一緒にお菓子を食べる羽目になっているんだ。

ていうかそれ、私のだし。

「ほれいろは、あーん」

勝手に袋からチョコを取り出したハルナさんは、私の口元へそれを持ってくるではないか。そこになんの躊躇もなく、距離感がすごく近い。前屈《まえかが》みになるハルナさんの鎖骨が見える。いや、少しもドキリとなんてしてない。いい匂いがしてきただなんて、少しも思ってないんだから。

つい反射的にパクリ、といただくと私の唇に少しだけ彼の指が触れる。男らしいゴツゴツしたものではなく、真っ白で、しなやかで、折れてしまうくらいにすごくほっそりした指だった。

「おいし?」

丸眼鏡の奥の瞳は優しく揺れている。端正なつくりをしている顔だからか、マジマジと見つめられてしまうと居心地が悪かった。

「おいしい……です……って、なにするん」

「俺にもあーんしてほしいな」

「聞いてないし、嫌ですし」

「えー、ケチー」

「可笑《おか》しいでしょう普通。知らない人と食べさせあいっこなんて」

「ふうん……」

そうやってあからさまに残念そうな顔をされるとバツが悪い。

「やっぱ……いりますか？」

無視できない。

「えっ？」

「なんだか可哀想《かわいそう》に思えたから」

「ヤッター」

素直に喜ぶハルナさんに見栄なんてものは存在しないらしい。高校生相手にこうまではしゃぐ大人ってどうなんだろう。

「アーモンドと、ミルクと、オレオと、ホワイトがあります」

「なんでもいーよ」

「それが一番困ります」

「つーか、なんか遠足みたいだな」

「遠足……ていうかその顔やめてください」

真意は分からないがさっきから嬉《うれ》しそうに口元を弛緩《しかん》させている。

やっぱり変質者？　ハルナさんを少しずつ受け入れはじめている自分も自分だけれど、

なんだかなあ。

　食べさせてもらおうと瞳を閉じているハルナさんをマジマジと見てしまうのは、彼の顔のつくりがあまりに整っているからだ。瞼《まぶた》にホクロがあるんだ。目をつぶっているから分かったことだけど、こんな場所のホクロは普通に接していたら見つけられない。彼が私に気を許し、無防備になっているからこそ見つけられる。こんなものをあっさりと私に見せてくるなんて。やっぱり変な人。

「えい」

「ん」

「……」

「んーっ、うまい！」

　雑に口の中に放り投げると、ハルナさんはチョコを食べた。迷った挙げ句、結局アーモンドチョコを選んだ。

　なんか付き合わされちゃうんだよね。と思っていると、あろうことかハルナさんはすぐにチョコをボリボリと噛《か》み砕きはじめるのだから、とっさに「ダメですよ。……まったく分かってないですね」と意見してしまった。

　あり得ない。まるで飴《あめ》を口に入れてすぐに噛んでしまう子どもみたい。

もぐもぐ顎《あご》を動かしていたハルナさんは「え？」と間の抜けた返答をする。

「アーモンドは、最後に味わうものじゃないんですか？」

「……え」

「チョコを口の中で溶かしきってから、そのあとにアーモンドの香ばしい味を楽しむの、これが通の楽しみ方」

「……」

「それじゃあアーモンドチョコの良さが半減しちゃいますよ。こういう風に食べる人を見ると我慢できないんですよねえ」

私にはアーモンドチョコに変なこだわりがあった。途中でアーモンドを噛んでしまうと、味の変化を楽しめるというせっかく良さが失われてしまうから許せないのだ。

「だから、……って、え……」

こんなことをハルナさんに言ってもしょうが……な……い。

その先の言葉は詰まってしまって出てこなかった。だって、今までヘラヘラ笑っていたハルナさんが、涙を流していたから。

「……え、あ……ごめ」

「あの」

「ごめん、すぐ止めるから」

チョコの袋を右手に持ったまま、もう片方の左手が宙ぶらりんになってしまう。

ハルナさんの瞳から、すう……と静かに落ちてくる雫《しずく》。

現に彼は、自分が泣いていることに少し経《た》ってから気づいていた。

「ど、どうしたんですか、いきなり」

「……ね。どうしたんだろうね」

コロコロと笑うハルナさんは「さすがにこれはやばいわ」と苦笑する。そして、ミステリアスな雰囲気を引き立てている丸眼鏡を外した。

「いろは、きみは俺を知らないかもしれないけど、俺はきみのことをずっと見ていたって覚えてて」

「ずっと……？」

吸い込まれるほどに綺麗な瞳が、直接私と交わりあった。太陽の光を目いっぱいに吸収するそれを歪《ゆが》ませることも細めることもなく、ただ自然に涙を流して。

「俺はこの日、このボックス席に、君に会うために乗車したんだ」

私の〝旅〟は始まりを告げた。

（2）新栃木

↓東武金崎

Shin-tochigi

→Tobu-kanasaki

『新栃木〜新栃木〜』

——いったいどういうこと？　やや懐疑的な気持ちになりながら、電車は次の駅である〝新栃木《しんとちぎ》駅〟で停車した。

降車してゆく人に逆らい、何人かが乗車してくる。この駅には日光《にっこう》線と宇都宮《うつのみや》線が乗り入れている。宇都宮線は新栃木駅を起点としているけれども、宇都宮線の列車の多くは日光線経由で隣の栃木駅まで運行される。

向こう側のホームには、特急列車が停車していた。栃木県の日光と東京を結ぶ特急といえばスペーシアだ。ジャスミンホワイトを基調にした、パープルルビーレッドとサニーコーラルオレンジの帯を巻いていて、窓回りは黒の単色塗りだ。先頭車の先頭部は新幹線のように丸みがあるのに対して、あそこに停車している列車の前頭部の構造設計はそれとは異なっていた。

へえ、こんなボディーをしたものも走っているのか。

『ダイヤ改正に伴い、当駅始発・終着列車の〝リバティけごん〟の運行が～……』

無機質な車内アナウンスを右から左へ受け流し、あまりの居心地の悪さに目の前にいる男からフイ、と視線を逸《そ》らす。

ハルナさんは丸眼鏡をかけ直すと、再びまんざらでもなさそうに私のイチゴオレを飲んでいた。

「ストロー噛《か》んでるの、可愛《かわい》いね」

「ストロー？」

「ほらこーんなにグシャグシャに噛んじゃって。ストロー噛む人って、実は寂しがり屋なんだって知ってる？」

「っ、うるさいな。ていうかまた断りもなく飲んで！」

「細かいことは気にしない～気にしない～」

「気にします！　こんなにデリカシーのない人はじめてですよ！」

ほんとうにいつ降りてくれるんだろう。さっきの発言からすると、おそらく終点まで降りてはくれないのかもしれない。

大きなため息をついていると、「すいません」と私の隣におじさんが腰を下ろしてきた。軽く会釈だけしてリュックを膝の上に移動させる。

プシュー……、閉まる扉。ゆっくりと動き出す電車。こんな変な人に付き合っていられない。読書でもしながらやりすごすことに決めた私は、荷物を漁《あさ》ることにした。なにが〝ずっと見てる〟、だ。よくよく考えたら、一方的に見られているだなんてとても気持ち悪いことじゃない。

あーあ、せっかく学校をサボったというのに、変な人に出会ってしまった。中身のない毎日の中で、心の隙間《すきま》を埋めてくれるような出来事を期待した。燃え尽き症候群ではないけれど、日々の活力を得たいと思って、日光に行くことを決めたのだ。

旅をするきっかけってそんなものだと思う。新しいものに触れて、自分の中を埋めていく。

――ハルナさん。思い直してみてもやっぱり知らない名前だった。中性的な名前は、どことなくミステリアスな彼にあっているとは思うけれども。

いや、ううん、こんな人は別にまともに相手にしなくてもいいんだから。

リュックから取り出したのは私の日記だ。

小説でも持ってきていたらよかったな、と後悔しながら手持ち無沙汰《ぶさた》に日記を読み返すことにした。

と、いうのも私には、夜に1日の振り返りをする習慣がある。小学生の頃《ころ》から書きはじめて、今も継続していることを自慢に思っていたりする。

特に誰に見せるわけでもないただの自己満足の日記。大した内容は書いていないけど、その月にやりたいことなどを明確化して、ちゃんとできていたかを振り返るのは大切だ。

4月のページを開いた。

――2014年4月7日。月曜日。〝始業式早々遅刻する。本当に最悪だ。どうして起こしてくれなかったのか後で文句言ってやる〟。

なんだっけ、これ。

この日になにかあったかなと考えて……、ああ、そうだ。

その日派手に遅刻をかました私は、始業式に途中から参加した。講堂には生徒たちがすでに並んで座っていた。ちょうど校長先生の話が始まったところだったから、こっそり最後尾に並んだのだ。

担任からはその後怒られた。早起きが苦手だからよく遅刻しそうになるんだよね。まさか始業式の日に堂々とやらかすとは思ってもみなかった。

……ん？　よく見ると、開いていた4月のページの端っこに黒いヒゲを生やしたおじさんが落書きされている。こめかみから顎《あご》にかけてもっさり毛が生えているが、頭がツルツルだ。

お世辞にも可愛い仕上がりだとは言えないお粗末な絵。こんなもの、いつ描いたっけ？

「なにそれ、可愛い絵だねえ」

「……ちょっ、勝手に見ないでください」

いつのまにか手帳に影が降りてきていることに気づき、それを慌てて自分の胸に引き寄せる。向かい側からシゲシゲと見てくるのはハルナさんだ。

この瞳がさっきまで涙を流していただなんて、到底想像もできない。

「隠すなよ」

「だって、日記ですよ？　他人に見られていい気しません」

「えーケチー」

「ケチもへったくりもないですっ！　デリカシーなさすぎ！」

ハルナさんは不満そうに唇を尖《とが》らせる。

「中身は見てないから安心してよ」

「嘘《うそ》だ！」

「大丈夫大丈夫。女の子の似顔絵が見えちゃったーとか思ってないし」

「ちょっと！　やっぱり鮮明に見えてるじゃん！　……っていうかこれは女の子じゃ……どう見てもハゲてるおじさんで……」

「ん？　女の子だったよね？」

「えぇ？　これのどこが女の子……、あ……」

思いつきで手帳をひっくり返してみてハッとした。

「確かに女の子だ」

こっちから見たら、ショートヘアの女の子の絵に見える。残念ながらすごく絵心がないが。

額のシワだと思っていたものは口に見える。ヒゲだと思っていたものは髪に見える。

「トリックアートみたい」

「トリック？」

「でもこれは、違うと思います。多分、担任のハゲの先生です」

「ハゲ？」

「きっとこの時の私は相当暇だったんですよ。描いたことも覚えてないですが」

手帳は横によけて、また車窓を眺める。時は流れるけれど、毎日同じことの繰り返しのような気がしてならなかった。

退屈で、この先どうなるのかも分からない。それなのになんのために勉強をするのだろう、とか、漠然とした不安が押し寄せてくる。高校生というものは大人でも子どもでもない。このまま時が止まっていてほしい気もするし、はやく大人になって自立したい気持ちもあって、複雑だ。

——私は、その答えをこの旅に求めているのかもしれない。

東武日光駅についたら、趣のあるお店が並んでいる。食べ歩きをしながら東照宮まで行こうかな。ロマンチック街道を通ってゆっくり景観を楽しみながら、のんびりと。

——目を閉じると、記憶の片隅にある荘厳な風景が飛び込んでくる。

壮大にそびえたつ日光連山《にっこうれんざん》。木々に挟まれた一級河川の大谷川《だいやかわ》。それらは自然の偉大さと神秘さを感じさせる。

聖地日光の表玄関を飾るにふさわしい朱塗りに映える美しい神橋《しんきょう》は、日光二荒山《ふたらさん》神社の建造物であり、見るものを魅了するのだ。

神橋は、国の重要文化財に指定されていて、１９９９年12月に世界遺産に登録された。奈良《なら》時代の末に、神秘的な伝承によって架けられたこの橋は、神聖な橋として尊ばれている。

特に現在は、もっぱら神事・将軍社参・勅使《ちょくし》・幣帛供進使《へいはくきょうしんし》などが参向のときのみ使用されていて、一般の通行はできない。山間《やまあい》の峡谷に用いられたはね橋の形式としては、日本で唯一の古橋であるそうで、日本三大奇橋である山口県錦帯橋《きんたいきょう》、山梨《やまなし》県猿橋《さるはし》に並ぶ一つと言われている、とどこかで調べた気がする。

観光マップを手にしながら、鮮やかな景色に思いを馳《は》せる。やっぱりいいな、日光は。あの場所でしか味わえないものがきっとある。

「ああいいですねえ、日光に行かれるのですか？」

すると、声をかけられた気がして顔を上げる。ハルナさんではない。途中の駅から乗車してきた、私の隣の席の男性だ。物腰がすごく柔らかい感じのいい人だった。40代〜50代に見えるその人は、私が開いている観光マップをシゲシゲと眺めている。

「あ、はい。そうです」

「いいなあ。見ていたら僕も久々に行きたくなりました。よく日光には行かれるのですか？」

「うーん、どうでしょう。確か前回訪れたのは……」

そう聞かれるとどうだろう。最後に訪れたのは確か……。

「そうそう、先月です。ゴールデンウィークに」

「先月ですか……。ゴールデンウィーク、いいですね。最近ではダイヤ改正で浅草から日光へもさらに行きやすくなりましたし」

「へえ、ダイヤ改正……そうなんですね」

　ポロシャツにチノパンを穿《は》いているおじさんのことを見上げる。

「やっぱりいいねえ、東照宮は」

　腕を組んでいた彼は誇らしげに語り始める。

「特に東照宮の入り口の神橋がたまらなくいい。神聖なパワーが集まっている感じがするね。あそこから歩いていってこそが東照宮観光ってものだよ」

「そうそう、近道して参拝するのはもったいないです」

「あの山間にかけられた朱色の橋と、岩場からの水しぶき、木々の緑は、まるで神の世界への入り口のようだと思う」

　それにしても、まさかこんなところで意気投合をするなんて。喋《しゃべ》ってみると、あらためて自分はこんなにも日光が好きだったのだと理解する。

「いろは、楽しそう」

　声がかかり視線を向けると、前方からハルナさんがつまらなそうに頬杖《ほおづえ》をついている。眼鏡拭《ふ》きでレンズの手入れをしながら、さりげなく会話を聞いているようだ。

「うるさいな」

さっさとどこかで降車してくれればいいのに。

「ハハハ、いいですね。お二人で日光デートですか？」

ああもう、せっかく話が盛り上がっていたのに、ハルナさんが口を挟んでくるからだ。

変な勘違いをされたじゃん、と嫌な顔をする私をよそに、ハルナさんはまんざらでもなさそうにしていて、

「もちろん、そうで――」

「ちょっと！　違います！」

冗談じゃない。グン、と前のめりになる体。あろうことかおじさんの問いかけにハルナさんが即答してしまう。デートをするような仲なわけないでしょ。あるとすれば、この人が一方的に私をストーキングしているということくらいだ。

「おや？　仲睦《むつ》まじくて微笑《ほほえ》ましいと思っていたのですが」

「ふふ、それは嬉《うれ》しいです。ありがとうございます」

「いやいや違います違います。この人とは今日、ここではじめて会って……、いや？　会ったっていうか一方的に声をかけられたっていうか」

ああ、もうハルナさん、いちいち肯定するのをやめてほしい。

ハア、とため息をつき、ハルナさんをシッシと払った。

「僕には素敵な恋人同士に見えたのだけれど。すまないねえ、余計なお世話だったか」

おじさんは眉《まゆ》を下げて小さく笑っていた。私を見て、それからゆっくりとハルナさんへと視線を向ける。

ハルナさんも丸眼鏡越しにおじさんのことを見ていた。

「俺《おれ》としては光栄ですけど」

「ちょっと！」

「やっと回ってきたチャンスだしねえ」

カーブに差し掛かり、電車が揺れる。

「——俺はね、今回に賭《か》けてるの」

パアアアア……！

反対側の路線を走る電車とのすれ違いであまり詳しくは聞こえなかったけれど、ハルナさんはそう言っていたと思う。

口説き？　ずっと私を狙《ねら》ってたって？

だから、私のイチゴオレを飲むの？　私の名前も知っていたの？　この人は——いったい。

車両変えたいけれど、ボックス席なんて他に空いてないし、日光までずっと立っているのもしんどい。どうして私はこの席に座ってしまったのか。悔やむところだ。

「そうかそうか。じゃあ、ここはひとつ今日の良き旅に、僕のお気に入りの場所をおすすめしてもいいかな？」

　柔らかく口もとを弛緩させたおじさんは、優しく、でも楽しそうに話し始めた。

「東照宮の近くにはね、徒歩圏内に日光山輪王寺《さんりんのうじ》と日光二荒《にっこうふたら》山神社《さんじんじゃ》っていう2つの有名なスポットあってね、話しながら回るのもまた風情があっていいよ」

「あ、知ってます知ってます！　日光の社寺、ですよね。由緒ある寺社仏閣が東照宮の周りに集合していて、神橋の先はまさにパワースポットだと思います。すごいあの荘厳な感じがたまらなく心くすぐられるといいますか、絵になるんです」

「おや、よく知ってるねえ、お若いのに」

　たしかに、私ってなんでこんなに詳しいのだろう。自分で言うのもなんだけど、年頃の女子高生がする会話じゃないような。

「おサボり女子高生は、日光が好きっと」

「……ねえ、さっきから余計な口を挟まないでください」

　のらりくらりとした発言はハルナさんからのものだった。再び頬杖をついて紙パックを眺めている彼は、「ほーん」とそれとなくひとりごちて欠伸《あくび》をする。

「やはり僕には仲睦まじく見えるけどなあ」

「ああ……もう無視しましょう。無視」

「はは、それはちょっと可哀想だよ」

「そうですか？」

「うん。存在を認識されないことは、…すごく悲しいことだからね。近寄りたいと思っている相手なら、なおさらね」

これが、経験は語るっていうものなのかもしれない。おじさんは、何かを思い出しているように寂しげに笑っていた。ハルナさんは頬杖をついたまま窓の外を眺めている。

「……それから日光といえば、杉並木もおすすめだよ」

この人、よくみると目尻《めじり》にシワが寄っている。きっと苦労をされたんだろうな。

初対面の人だけどなんとなく話しやすい雰囲気があって、会話をするのに抵抗感はなかった。

「国の特別史跡、特別天然記念物にもなってるんだよ。寛永2年頃《ごろ》から松平正綱《まつだいらまさつな》公が20数年の歳月をかけて植栽して東照宮に寄進したものらしくてね、とっても幻想的なんだ」

「杉並木……」

「うんうん。今も約1万2，５００本が現存していてギネスブックに載るほどだ。大迫力に圧倒されるこの感覚を、つい誰かに伝えたくなる」

「そうなんですね。楽しみです。それから、やっぱり陽明門《ようめいもん》は絶対に見たいですね」

「ああ、いいねえ、ちょうど大修復が終わった頃だというし、タイミングもいいね」

陽明門は、日光東照宮の中にある有名な建築物だ。豪華絢爛《けんらん》な造りは外国人観光客にも人気があるんだけれど、

「えっ？　もう終わったんですか？」

あれ、私が先月に行った時ってどうだったかな。

「うん終わったよね？　国宝陽明門をようやく一般公開したのは、ニュースになったよ」

「へえ、知らなかった。たしか、先月行った時は……修復中で見られなかったんです」

寺社仏閣を訪れた時に、運悪く修復工事をしていると少しガッカリするものだと思う。

陽明門の修復作業は確か去年、２０１３年からスタートしたと聞いていた。

今回はめちゃめちゃはやく終わったんだな……。

「今度こそ、ちゃんと見られたらいいね」

「はい！」

やんわりと目を細めるおじさんに私も満面の笑みをこぼす。

人と会話をして気づくものがあるという。自分の好きなものは案外自分でも知らないものだ。話していて、実は日光に詳しいことを自覚した。私がこんなに観光地日光を好きだったなんて。東京方面に行かなかったのは、そういうことだったのかも。

すると隣から「一つ聞いてもいいかな？」と声がかかった。

「若いのに日光が好きだなんて、なにか特別な思い出があるのかな？」

思い出か。なにかあったかな。

ハルナさんは頬杖をつきながら横目だけ私に向けている。

中学生。小学生。いや、もっと、前に、たしか。

「あれは……」

記憶を手繰り寄せる。限界の限界を切り開くようにして見つけだした記憶の端っこには、幼稚園生の私がいた。

「小さい頃に」

「……」

「ずっと、昔。幼稚園生の、時に……」

「……」

「よく……日光に連れていってもらっていた、から」

顔を上げるとおじさんは目をやんわりと細めて私を見つめていた。慈悲深く眉が下げられて、白髪交じりの髪が空調の風にのって揺れている。

「すごく、楽しかった記憶があります」

「……そうか」

「ふわっとしか覚えてないですけど、こんな風に休みの日は電車に乗って、お菓子なんて広げて、それこそ遠足みたいに」

「うん」

「家族と一緒でした。だから、余計に日光の景色が綺麗に見えて、キラキラして、眩しくて、日光はずっと私にとってそういう場所だった」

「ご家族と？　僕にも娘がいてね、日光へはよく連れていってあげていたものだよ。……君みたいにそう思ってくれているといいな」

おじさんが静かに瞳を下げ、私のことを包み込むようにして見つめてくる。

「きっと、思っています」

旅はいろんなことを思い出させてくれる。毎日同じことを繰り返す中で忘れてしまっていた、大事なこと。電車に揺られながら、昔感じていたことを思い出した。

「私の親は共働きなんです。シフト制で働いている分、なかなか私との時間が取れないことを母も父も分かってた。だから、二人の休みが重なる日は貴重でした」

当時、というか――今も私の家はそれほど裕福ではない。母は遅くまでパート勤務をしてくれているし、父も同様に飲食店で働いている。汗水垂らして私のために必死にお金を稼いでくれていることは、幼いながらに理解していた。だからなおさら、休みの日は楽しみだった。父と母と日光へ行くことが恒例行事になっていたから。

私の手を引っ張って、微笑んでくれる二人。太陽の日差しがあまりに眩しくて、その輪郭は不鮮明に――映る。美しい風景を見て母も父も笑顔になった。日々の疲れも一瞬で吹っ飛んだという。――日光に来れば、彼らは笑ってくれたのだ。

「私の家、あまりお金がなかったので、遠出するとしても日光くらいしか行けなかったんです。ほら、新大平下駅からだと鈍行でも1時間ちょいですし、普通列車の代金だけでもぜんぜん申し分ない旅ができるじゃないですか」

「……そうだね」

「でも、私はすごく幸せでした。友達が東京に行った～だとか、大阪行った～だとか、そんな自慢をしていても、何も思わなかった」

「いい子だね、君は」

「そうですか……？　私はただ嬉しかっただけです。母と父と一緒にどこかへ行けるのなら、二人が笑顔になってくれるのなら、私はそれだけできっと十分だったんです」

　チラリ、と視線を正面に寄せれば、ハルナさんは窓の外を眺めている。丸眼鏡を光に反射させ、物憂げなような表情は歳相応な大人っぽさを醸《かも》し出している。

「ダイナミックに水飛沫《しぶき》をあげる大谷川を眺めて、口をあんぐりと開ける幼い私に、よく父がウンチクを話してくれました」

「ハハ、僕みたいに？」

「ああ、そうそう！　そういえばそんな風に！　物知りな父に尊敬の眼差《まなざ》しを向けていたなあ……。東照宮に入ると徳川家の歴史を話してくれた。難しくて当時の私には理解できなかったんですけど、おかげで社会の点数はトップクラスでした」

　――なんとなく学校をサボって終点まで乗ってみようと思ったのではなかった。

　おそらく私はあの場所に行きたかったのだろう。こんなにも日光は私にとって特別な場所だった。

　家族との思い出が詰まった場所。私の大事な思いが詰まった場所だ。

「私は、思い出したかったのかもしれません」

「思い出す?」

「最近、毎日が同じことの繰り返しのような気がして、鬱々《うつうつ》としていたんです。漠然と不安になって、ちゃんと生きている実感が持てなかった」

「……実感」

「日光に行ったら何か変わるかもしれないと思って、見つかるかもしれないって、きっとこの旅に導かれた」

〝旅〟は自分を見つめ直す機会をくれる。普段とは違う場所だからこそ見えるもの、日常への気づきの機会を与えてくれる。

「たくさん写真を撮ってみせてあげなきゃなあ」

「写真……?」

「はい。親に見せたい思います。それから、」

――それから、幼い頃の記憶が、ふと脳裏に浮かんできた。奥底で眠っていた、些細な日常のワンシーン。〝ただいまーっ!〟と、学校から帰ると〝おかえり〟と言ってくれる人はいなかったけれど、私は寂しくなかったのだ。灯《あか》りがついていなくたって。家の中がシン、と静まりかえっていたって。

近所の子の家から、楽しげにテレビを見ている団欒《だんらん》の声が聞こえてきたって。

平気だったのは、確か。

庭先から声が聞こえてくる。誰かが私の家の中に入ってきて、それから——。

〝いろはっ！〟

——そこで、ハッと引かれるように顔をあげた。

一瞬、両親とは違う声が混じって聞こえたような。なんだ、今の。

「父と母がいつも頑張ってくれているって知っていた、から」

けれど、私は無意識にかき消した。心臓が妙な脈を打ったように感じたからだ。

「二人が帰宅すると疲れた顔をしていることにも気づいていたし、それを隠そうとしていることも分かっていた、から」

隣に座っているおじさんは何も言わない。奥底に沈んでいた幼少期の大事な記憶。あまりに今を生きすぎていて忘れていたものだ。

「日光に行くとそんな父と母の笑顔が見られたから、私は——その頃から絵を描き始めました」

正確に言えば、日光の風景画を描き始めた。私にとって絵を描くことは人生の一部になっていった。

「働き詰めな父と母に、日光の風景をいつだって身近に見せてあげたかった」

「……」

「これを見れば、二人は笑顔になってくれるって、幼いながらに思ったから」

ガタンゴトン……。

依然として電車は揺れていた。途中で何駅か通り過ぎた気もする。

車窓に映る田園風景は乗車時から変わらないけれど、私はたしかに日光へと近づいている。

そして思う。またどうでもいいことを他人にベラベラと話してしまった。

私の身の上話なんて、誰が聞きたいだろう。人が良さそうなおじさんだったから最後までしっかり聞いてくれただけだ。謝ろうと思って横を向いた時、私は目を見張った。

「……すま、ないっ……」

――その頬に涙が伝っていたからだ。

綺麗な涙だった。気がついたら涙がこぼれ落ちていた、という表現がぴったりはまるくらいに。何か癇《かん》に触るようなことを言ってしまったかもしれない。慌てふためいてソワソワするけれど、彼は「……ちょっと感動してしまってね」とそれだけを添えてハンカチで涙を拭《ぬぐ》った。

「よく話してくれた」

「い……いいえ、こちらこそペラペラとすいませんでした。あの、私なにか気に障《さわ》るようなことを言ってしまいましたか?」

「ううん、そうじゃないんだ……。年のせいか最近は妙に涙もろくてねえ」

よかった。ホッと安堵《あんど》の息を吐く。不快に感じるようなことを言ってしまったのではないかと焦《あせ》った。

「いいや、ほんとうによく……話してくれたね」

移りゆく景色を眺めていたハルナさんは、そんな私たちを無言で眺めていた。

このボックス席だけ他とは異質な空間であった。旅に思いを馳せて観光ブックを開いている乗客たちの中で、ここだけが唯一涙で染まる。

『東武金崎～、東武金崎～』

しっとりと泣いているおじさんにどう応対したらいいか困惑していると、〝合戦場《かっせんば》駅〟、〝家中《いえなか》駅〟に続き、電車が停車した。「おっと、もう着いてしまったのか」

プシュー。扉が開くとおじさんはもう一度だけ涙を拭ってから、ようやく腰を上げる。

正直涙のことが気がかりだったけど、ここで降りてしまうらしい。こんなタイミング別れるのは後味が悪いような気がするけど。

「きっと、今回の旅は君にとってとっても大事な旅になる」

「え？」

「ゆっくりでいいから、思い出してごらん。そうしたらきっと、大事ななにかが見つかる」

「それでは」と、会釈をして背を向けていくおじさん。

白髪がやっぱり目立っていた。目元のシワからも苦労が伝わる。猫背な体を見て、居ても立ってもいられなかった。

「あっ、あのっ……！」

「……？」

「ありがとうございましたっ！　短い時間でしたけれど、あなたに出会えてよかったです！　どうかお元気で！」

思わず立ち上がって大きな声を出してしまった。

それに気づいたのは、その内容を口に出した数秒後のこと。注目する乗客。一瞬だけキョトンとしたおじさんは、ほどなくして嬉しそうに、切なそうに、様々な感情をごちゃ混ぜにしたように破顔した。

「こちらこそ。また、どこかで」

おじさんが東武金崎駅のホームに降り立つと、電車の扉が閉まった。

私はどういうわけか食い入るように彼を眺めていた。しばらくして動き出す電車。再び腰を下ろした私は、空席になった私の隣を見つめていた。

名前を聞いておけばよかったかもしれない。どこで会える確証もないのに、そんなことを考えた。無意識に欠落しているものが、もしかしたらこの旅で見つかるかもしれない。同じ日々の繰り返し。朝が来て、夜が来て、また朝が来るだけの日々。私が見ている世界は、物質がただ存在しているだけの、中身のない特色もないただのモノクロなものなのだ。

なーんとなく生きる。そんなもぬけの殻のような生活から飛び出したくて、この電車に乗り込んだ。大事なもの……か。

「このレールの先にはさ、目的地が必ずある」

止まっていた景色が再び動き始めると、ずっと黙っていたハルナさんが唐突に口を開いた。頬杖をついたまま、窓の外を眺めていた視線を私へと向けて。

「だから人は迷わず、電車に乗り込むことができるんだ」

「……」

「そこには決まった未来が存在している。自分がその場所で何をすることになるのかを、容易に想像できるから」

不思議な雰囲気を助長させる眼鏡。襟元がくたびれたグレーTシャツ、ジーンズに、もっさりした黒髪。

この電車に私が乗車した当初と変わらない風貌なのに、まるで別人のように話すハルナさんに呑《の》まれそうになった。

「でも、どこに行くのかが不確かな電車だったらどうしよう」

「あの」

「どこに行くのかも分からないと不安だし、怖い。だから、多くの人は乗り込むことを選択しないのだろうね」

急になにを話し始めるのか。訝《いぶか》しく思いながらも、ハルナさんの言葉は不思議とすんなり胸の中に入ってきた。

「でも、思うんだよね。ほんとうの意味で前に進むことができているのは後者かもしれないって。まったくの未知に触れることは自己の成長につながる。分かっていても、人はなかなかそっちに踏み切れないんだ」

どこにたどり着くのかも分からないのに、一歩を踏み出すこと。

私ならきっと怖くなってその場で思いとどまってしまうだろう。

「じゃあ、踏み切れる人はどんな人なんだろう」

ガタンゴトン……電車が揺れている。

「大切な誰かと一緒に乗っているのなら、その勇気が持てるのかもしれない」

「大切な……？」

「人は人と寄り添い合うことで無限に強くなれる。心が通い合っていると思えば、どこへだって行ける。レールが何本も引かれていたとしても、不明確な未来に臆《おく》することはなくなる」

「……」

「〝目的地の分かる電車〟は居心地がいいけれど、そうやって人はたまに、誰かと一緒に〝目的地のない電車〟に乗りながら成長してゆくんだと俺は思う。だから、いろはも」

ハルナさんの瞳が少しだけ揺れていた。日常と非日常を電車で例えているのだろうが、なぜ急にこのような小難しい話をはじめたのか。

「俺がいるから、一緒に乗ろうよ」

「なんでそこでハルナさんとなの」

「あれ、俺とじゃ不服？　酷《ひど》いなあ……」

けれど、付け足された言葉に一気に肩が落ちた。

さっき知り合ったばかりのハルナさんと私が運命を共にしたところで、生まれる心の強さなんてないような。

「あなたも乗ってるんですか？」

「ん？」

「目的地の分からない、電車に」

そして一つ気になったことがあった。ぼんやりと外を眺めながら乗車しているのかとも思ったけれど、実際問題ハルナさんはどうなのだろう。

どういった理由で、この〝東武日光行き〟に乗り込んでいるのだろう。

「乗ってるよ」

ハルナさんは、静かな佇《たたず》まいで口を開いた。

「目的地がより一層分からない電車に」

「より、一層……」

「どこにたどり着くのか本当に分からない」

「……それは」

「逃げて、諦《あきら》めることもできたし、むしろその方が楽だったのかもしれないな」

けれど、とそう付け足したハルナさんは丸眼鏡を外して、私の瞳を直視する。寂寥《せきりょう》感と漂流感。ふわふわと浮かんでいる所在のない人。ハルナさんは言葉で表すのならそんな人だった。

「希望を捨てきれなかった」

「希望、ですか？」

「うん。俺、さ……」

無機質な車内アナウンスが鼓膜を震わせた。空調の風が私の長い髪へと吹きつける。その後を追うようにハルナさんの髪もさわさわと揺れた。

「人を殺したことが——あるんだよね」

——幼少期から小学校低学年の頃の私は、自分の足で立てるように、ただ強くなりたいと思っていた。

「ユキねぇ、この前パパとママとサイパン行ったのぉ！」

「えぇ〜？　サイパンってなぁに〜？」

「海の向こうのがいこくの島だって、パパが言ってた。飛行機びゅ〜んして楽しかったぁ！」

「えええ？　飛行機乗ったのぉ!?　ユキちゃんすんごぉい！」

小学1年生。夏休み明けというものは、まず家族旅行の自慢大会からはじまる。始業式が終わって下校の時間になると、クラスのお友達が集まって話しているのを、私は居座るだけ居座ってただ聞いていた。

「いろはちゃんはぁ？」

――ていうか、今思うとユキちゃんは誰だったかな。

名前だけは記憶に焼き付いている。よく彼女は休暇中はどこに遊びに行ったのかを私に聞いてくることがあった。

「にっこう！」

「にっこぉ〜？　それどこぉ？」

「とちぎ！」

「ええー、なぁんだ。ユキの方がすごーい」

まるでショボいと思っていることが丸分かりな反応だった。

どこに行くのかがそんなに大事なのか。当時の私はその時からこんなことを考えていた。

少しだけムッとしながら、ランドセルを背負って〝バイバイ〟をする。

早い時間に家に帰っても父も母もいなかった。完全に寂しさがなかったかといえば嘘になるけれど、私は分かっていた。父も母も私のために働いてくれていることを知っていたから、そう思えばへっちゃらだった。

絵の勉強に没頭することを覚えると、私はさらに無敵になる。暇な時間をなにかで埋められないか、とアイデアをくれたのは別の人だったけれど。

夢中になっていたら父と母が帰宅している、なんてことは多々あったし。

「今日もいっぱい描いてたかあ？」

「たっくさん描いたよーっ！　見て見て！　これね、そこの植木鉢を見ながら描いてみたの！」

「うまいなあ〜いろは。絵描きさんになれるんじゃないのか？」

「ウソぉ、これいろはが描いたの？　すごいわあ！　額縁買って飾らなきゃ！」

父と母が仕事から帰ってくるなり、絵を広げて見せびらかした。すると二人はとびきりの笑顔を落としてくれるから、ああ、笑顔になってくれた、描いてよかったってホッとする。

もっとうまくなって綺麗な風景画を描けるようになるんだ、と強い目標を抱いていたのもその頃だ。

——そしていつか、父と母が大好きな日光の絵を、私が描いてみせてやりたい。

〝だったらさ、にっこうを描けばいいんじゃない？〟

そう。このアイデアをくれたのは……、誰だったっけ。

「……何を物騒な」

流れる田んぼ風景に視線を落としていると、次から次へと懐《なつ》かしいエピソードが蘇《よみがえ》ってくる。眉を下げる私は、急に変なことを言い出すハルナさんに苦笑した。

「あら、信じないか」

「もっとうまいジョークを言ってくださいよ」

「……逆に言えばジョークじゃないかもしれない。だって、実際いろはは俺の正体がなんだか分からないわけだし」

「まあ、そうです、けど」

「……じゃあ、つまりはさ、こういう仮説も立つわけだ」

ズイ、と顔を近づけてくるハルナさんは、ゆるりと口角をあげる。そのあまりの近さに喉《のど》を鳴らしてしまった。まるで彼へと意識が注がれてゆく。

「もしかしたら、俺はすごーく悪い人かもしれない……って」

ハルナさんが使っている柔軟剤だろうか、その爽《さわ》やかな香りは意図せずに私の胸をくすぐる。引き寄せられる香りだった。

「例えば、いろはの心臓を食べちゃおうかなー……とか」

「ええ？」

「……思ってるかも」

「……し、心臓ですか？」

「そ、心臓」

ほっそりとしていてしなやかな指を私の正面に向けてくるハルナさんは、意味深な目つきで、とても妖艶《ようえん》に思えた。

だけどそれもつかの間、

「ま、冗談だけど」とあっけらかんと表情を緩めた。

「でも、よくよく考えたらさ。俺はいろはを知っているのに、いろはは俺を知らないわけだ。わるーいことを考えていろはに近寄ってるって考え方も、できなくはないだろ？」

「またまた、その私のことを知ってるってのも、どうせつまらないジョークで……」

「ジョークじゃないって言ったら？」

「……え？」

とらえどころのない丸眼鏡をキラリ、と反射させたハルナさんは、前屈みになると自分の膝の上で頬杖をつく。

「君のことは何でも知ってるよ」

「これは本当」なんて口にして、私の目の上にかかっている髪を、繊細な手つきで払ってくれるハルナさん。まるで子供をあやしているみたいに優しい瞳を向けてくるのだから、また喉の奥が鳴ってしまった。

――全部知ってる？

どういうこと？　不可解すぎる言葉に表情を曇らせる私に、ハルナさんはどことなく物儚《はかな》げに微笑んだ。

「いろはのことは、俺が全部知ってる」

「……そんなの、信じられるわけ、」

「じゃあ今から一つ証明してあげようか」

だって、何の信憑性《しんぴょうせい》もない発言だった。はいそうですかって、簡単に信じられるわけない。「そうだなー」と辺りを見回しているハルナさんは、一点、私の手帳に視線を落とす。

「それ」

「え？」

「４月のある日の出来事を事細かく言い当てましょう」

――――４月。２カ月前の出来事。

２カ月前だとしても、彼に関わった記憶などは一つもない。だから余計に疑わしかった。それなのに、ハルナさんは余裕《よゆう》綽々《しゃくしゃく》たる顔で頬杖をつきながら見上げてくる。

「２０１４年４月12日。その日の朝ごはんは、いろはの大好物のベーコンエッグトーストだった。出勤する親を見送ったあと、気分が上がったので近所にあるフラワーパークでデッサンをする。どの花にしようか目移りしてしまって描きはじめるまでに１時間かかってしまった」

「……っ」

「……どう？　こんな感じだったかな。確認してみて」

躊躇なくスラスラと口を開いていったハルナさんに目を丸くする。慌てて手帳の内容を確認してさらに息を呑んでしまった。

――語り方こそは違うものの、内容は９割がた一致していたからだ。

私はその日、母にベーコンエッグトーストを作ってもらっていた。休日であっても朝ごはんをしっかり作ってくれる彼女を尊敬していたし、なにより大好物だったために日記に書いてしまったんだと思う。親の出勤を見送ると、スケッチブックを持って近くのフラワーパークに……。

「なんで……」

先ほどチラッと覗き見されたけれど、さすがにあの短時間で日記の詳細を記憶することは困難だ。「どう？」と再度首を傾《かし》げてくるハルナさんに生唾《なまつば》を呑んでしまった。

「だから言っただろ？　いろはのことなら何でも知ってるって」

「あなた、いったい何者？」

「さあ？　なんだろうね？」

私のことを一方的に何だって知っている男の人。彼の言葉が戯言《たわごと》にも核心に触れているようにも思えてしまう、摑《つか》みどころのない雰囲気。決して健康的ではない真っ白な肌と、しなやかな手足がよりミステリアスさを引き立てる。

――ガタンゴトン。電車が、揺れていた。

「ハハハ、そんなにビビるなよ」

「いや、ビビりますよ！」

「嘘かもしれない」

「本当かもしれないじゃないですか！　情報屋？　未来からの刺客？　ストーカー？　知らない人がこんなに私のことを熟知してるわけない！」

「おー、俺、なんだか物騒でカッコイイ」
「へらへら笑っている場合じゃなくて、ほんとうに通報しますよ！」
アンニュイな雰囲気に戻ったハルナさんは、チョイッとチョコレートの袋に指を忍ばせると、アーモンドチョコを口の中へと放り投げる。

ボリボリボリボリ。ああ、またすぐ噛み砕いて……アーモンドチョコの良さを分かってない人だ。

じゃなくて！
「ねえ、真面目に答え……」
こんなに後味が悪いまま、ボックス席をともになどしたくないんですけど、と言いかけて、はっとした。ハルナさんは、先ほどまでのヘラヘラした様子とは一転して、泡沫《ほうまつ》のように窓の外を眺めていた。移りゆく景色に。深く思いを、馳《は》せているように。

人を殺したことがあるなんて、冗談だよね？

どれもこれもデタラメのようで、それでいて事実のようにも聞こえる。ハルナさんは今日、この日に、何を思って私に声をかけ、何を思って電車に座っているのか。

初対面だというのにもかかわらず、いきなり私の名前を呼んだ時には、警戒心を抱いたはずなのに、今はこんなにも馴染《なじ》んでいる。

ボックス席に向かい合わせで座ることにも違和感がなくなって。時折見せる儚げな表情に、引き寄せられるものが、ある。

「慰謝と鼓舞。それから、諦めが悪いんだ、俺って」

「……え」

「本懐を遂げたかった」

クリアな低音ボイスが、私の鼓膜を小さく揺らした。

「俺がこの電車に——乗ってる理由だよ」

ハルナさんは困ったように眉を下げて微笑を浮かべている。固唾《かたず》を呑んで見つめる私とようやく視線を合わせると、

「ばぁちゃーん、まだぁ？」

「もうすぐ座れっかんねえ、ああ、ほら、あそこなら二人座れんべ」

申し訳なさそうに「すみませんねえ。ここ、空いてっかねえー？」と声がかかる。東武金崎駅を出発してまもなく、女の子と老婦人が隣に乗車した。

（3）東武金崎 → 新鹿沼

Tobu-kanasaki → Shin-kanuma

老婦人と、そのお孫さんだろう女の子に会釈をしてまた向き直る。ハルナさんは頬杖《ほおづえ》をついたまま私のことをまだ見つめていた。

「終点まで」

「え？」

誇張することもなく、彼からはおちゃらけた雰囲気など感じられなかった。

「この電車が東武《とうぶ》日光《にっこう》駅に着くまで。それまでのあいだに、俺《おれ》の正体を見破ってみてよ」

カチャリ、眼鏡を正すハルナさんはそれだけ言って窓の外を眺めてしまう。

——正体？　含みをもたせた発言に胸がざわついた。誰？　ハルナさんは……一体誰なの？

どの記憶を探ってもハルナさんは見つけられない。だって本当に心当たりがなさすぎる。近所にお兄さんが住んでいたこともなく、学校の先輩と交流が深かったわけでもない私は、年上の男の人との接点などなかった。

――やっぱり、何かを企《たくら》んでいる悪い人なのだろうか。人を殺したことがあるってまさか、そんなこと。

『ただ今、日光線、鬼怒川《きぬがわ》線などで特急〝リバティ〟の導入を中心としたダイヤ改正が実施されました。日光・鬼怒川方面において快適性・速達性・利便性の高い特急列車を増発することに伴い――』

揺れる車内で無機質なアナウンスが聞こえてきた。耳にするのは今日で何回目になるんだろう。多分、しっかり聞いている乗客は1割いるかどうか。

ああ、いいや、ハルナさんのことを考えるのはやめよう。

邪念を振り払って窓の外を見る。車掌さんの抑揚のない声を耳にしながら、新栃木《しんとちぎ》駅でも見たあの特急列車を思い出した。

あれがリバティ。毎日通学で使っている路線なのに、見たことがなかったなあ。今度は走ってるところを見てみたいな。なんて考えながらアーモンドチョコを口に放り込んだ。

「ばぁちゃん～、もう帰るの～？」

「何を言ってんだよぉー、はやく帰って宿題やるんだべ？」

「やだ〜、めんどくさい〜、まだトモちゃんとこで遊んでたい〜」

「まぁ〜たこの子はワガママ言って。宿題がたんまりあるの、ちゃ〜んとばぁちゃんは知ってんだかんね〜？」

「いやだぁ、ミユはずっとトモちゃんとこでお絵かきしてたいよぉ」

「学校だってえらく大事だっぺよ」

口の中でコロコロと転がし、チョコレートを溶かしてからアーモンドを噛《か》み砕く。まろやかな甘みと芳醇《ほうじゅん》な香りの二段構造を楽しんでいると、隣から話し声が聞こえた。

いや、意識して聞くつもりじゃなかったんだけれど、ボックス席ってほら、かなり近いから。

——少し気になってハルナさんを盗み見てみると、彼はまた窓の外を眺めている。私の目には彼が夢幻と化しているように映った。

「学校なんて行きたくない」

「まぁ〜た、それかい」

「だって、休み時間にお絵かきしてたらね？　みーんな笑うんだもん。ミユちゃんは変な子だ〜って」

「気にしなければえかんべ」

「気にするよー」

よく見ると、私の隣に座っている女の子は体の大きさにあっていないスケッチブックを抱えていた。学校というワードと、物をはっきりと言っている様子からして、彼女は小学校2〜3年生くらいなのだろう。絵が、好きなのかな。

「友達はみーんなミユのことを分かってくれない。だから、キライ！　しかもヘタクソって馬鹿にするんだ！　行きたくない！　宿題もやりたくない！」

「ミユ……」

「そんなんだったらずっとお絵かきしてた方がいいもんこんな気持ち誰にも分かんないんだっ」

ミユちゃんは、グッと口を結んでスケッチブックを抱き締めていた。

眉《まゆ》を下げる老婦人は、頑《かたく》なに拒否をするミユちゃんに切なげな視線を向けている。ほんの一部始終を聞いただけだったけれど、彼女の気持ちはなんだかよく分かってしまった。

学校に行く意味も分からないのに、更々宿題なんてやる気になれないのだろう。

「あのー……」

烏滸《おこ》がましいかもしれないけど、表情を暗くしている老婦人を見てしまったらなんだか放っておけなかった。

朗らかで優しい、そんな雰囲気。喋《しゃべ》りに栃木の訛《なま》りがあるからか、とても身近な存在のように感じた。

「チョコ、いる？」

「え？」

「あの、あげても大丈夫ですか？」

「……は、あ……ああ、申し訳ないねえ」

子どもはお菓子でつる、なんて、あまり行儀がよくないかな。そう思いつつ、袋の中からミルクチョコレートを取り出した。

隣の客が急に話しかけてくるなんてびっくりだよね。そりゃそうだ。パチパチと瞬《まばた》きをしている老婦人に、念のために確認を取った。

「わぁーい！　チョコチョコ！　オネーチャンありがとうっ！」

「ハハ、どういたしまして」

大事そうに両手で受け取ったミユちゃんは包みを開いて、その甘い個体を口の中に放り込んだ。コロコロとチョコを溶かして、幸せそうな顔をしている。

チョコが好きなのかな。

「チョコは舐《な》めて溶かすもの、なんでしょ？」

ただ、嫌な気分のままで日々を過ごしていてほしくなかった。だからこれはちょっとしたお節介にすぎなかったんだけれど。ここでハルナさんが得意げに口を挟んだ。見れば視線は、移りゆく景色に向けられている。

「あなたは口を挟まないでください」

「特にアーモンドはうるさかったけど、他のチョコに関しても噛み砕くことを許してくれなかったよね。いろはいつも自分のエゴを押し付けてきてさ」

「……な」

――なんでそんなことをあなたが知っているの。

ハルナさんに出会った当初、彼がアーモンドチョコをボリボリ砕いて食べていた時にはあまりに我慢できずに指摘してしまったけれど……。いつもって、何。

やっぱり彼は、私の知らないことを知っているようだった。

「注目してるポイントが違うんだよ。俺は物質本来の食感を楽しんでいるし、いろはは個々の素材の味わいを楽しんでる。これもいつも言ってるのに」

「……ちょ」

「てことで、俺ももーらい」

「あっ！」

ヌッと伸びてきた指はチョコがたくさん入った袋の中に。ミステリアスな丸眼鏡をクイッと上げたハルナさんは、こちらに身を乗り出して一粒かっ攫《さら》ってゆく。仄《ほの》かに柔軟剤の香りがした。もっさりした黒髪が私の前髪に触れる。

「どう？　俺が何者か、分かりそ？」

クスリと口角を上げたハルナさんは、見せつけるようにしてチョコを口の中に放り込んだ。ああ、なんだこの人。

「この人、おねーちゃんのカレシィ～？」

分からないから困ってるんじゃん、と言いたくなってきたところで横槍《よこやり》を入れられる。カレシ、なんて言葉、どこで覚えたの。ミユちゃんはやたらとキラキラした目を向けてくる。

「……なっ」

「そうだよ～？　実はね、彼女はおにーさんのフィアンセなんだ」

「フィアンセェ～～～？」

「なに勝手なこと言ってるんですか！　違うよ!?　今の全部嘘《うそ》だから！」

「ええ～、違うのお……？　ね、ばぁちゃんもそう見えたよねぇ？」

ボリボリとチョコを噛み砕きながら、ハルナさんはまんざらでもなく笑顔を振りまいた。

……が、冗談じゃない。何がフィアンセだ。あなたと接点を持った覚えすらないのに、何がどうなったらそうなる。ていうか先ほど降車していったおじさんといい、どうしてこうも恋人同士に見られてしまうの？

「あ……、ああ、そうだなあ。まるでおしどり夫婦みてぇだ」

「そんな馬鹿な！」

老婦人は何やら少しだけまごついてから、賛同する。ハルナさんは、また窓の外を眺めながら満足げに笑っていた。

しかも夫婦って……、どうなったらそうなるんだ。そもそも私はそんな年じゃないのに。カップルだったらまだしも、いきなりぶっ飛んで夫婦になっている。

本当に冗談じゃない。

「だよねだよねぇ……！　はぁ……、いいなぁ！　ミユ、なんだかドキドキしちゃったよぉ！」

「……あのね、ミユちゃん。ドキドキ要素は少しもないからね？」

狼狽《ろうばい》する私をよそにハルナさんは満足そうだ。

「ありがとう。仲睦《むつ》まじく見えているんだったら嬉《うれ》しいな。実は、彼女を籠絡《ろうらく》しようと考えてて」

「ろーらく？」

「俺のことを好きにさせるってこと。こうやって多少強引に迫らないと、彼女に俺の気持ちが伝わらなくてさ」

「はぁ!?」

「えええ！　いいなぁ！　いいなぁ！　ミユもはやく大人になりたいなぁ！」

ミユちゃんは、スケッチブックを肘で挟んで両手を頬に添えると、ほんのり赤らめて恍惚《こうこつ》としている。おいおいおい、何を考えている……。

人殺したことがあるだとか、意味分からないことばかり言ってくる男と、まさか私がそういう関係にあると勘違いされるのは、いろいろ厳しいものがあった。

「大人になるためには、なおさら学校に行かねえといけねえべよ？」

何としても誤解を解きたくてあたふたしていると、ハルナさんの隣に座っている老婦人がもっともらしいことをミユちゃんへと投げかけた。

今日学校をサボっている私としては、胸がちくりとするかな。

すると、頬を緩めていたミユちゃんだったけど、一転して顔を強張《こわば》らせる。

「学校は、やだよ……」

そう漏らして。

「学ぶことは大人になるために必要なことだべ？」

「そんなことしなくてもなれるもん」

「それじゃあ本当の意味の〝大人〟にはなれねかんべ」

大人という概念は酷《ひど》く曖昧《あいまい》だ。私もよく分からない。

確かに、やりたいことを好きなだけやっている人生の方が楽かもしれない。嫌なものは見ない人生の方が、伸び伸びできる。自分から苦しむ道は選びたくないもんね。

たぶん、わたしもミユちゃんみたいに考えてしまうなあ。

「怖くて苦しいことに逃げずに向き合っから、それを乗り越えた分だけ大人になれるのと違うべ？」

〝東武日光行き〟の電車が揺れる。いつのまにかハルナさんは黙ったまま、視線を私へと向けていた。

東《とう》武《ぶ》金崎《かなさき》駅を出発してまもなく、ハルナさんが私に言ってきたことと同じような内容だと思った。

辛《つら》く苦しいことを乗り越えてこそ大人になる。つまり、成長するってことは、彼の話の中に出てきた〝目的地が不明確な電車〟に乗ることと同じなのだ。

〝目的地のある電車〟に乗ってしまうのは、何の苦労もしない、楽な人生。それこそ、何の中身もない日常の繰り返しを意味しているけれど、自分が傷つくことはないのだ。ただぼんやりとしていた。ただ息をしているだけの、同じ毎日の繰り返しから、どうやったら出られるのか。そんなことばかりを考えていたけれど、結局のところ、ただ電車に揺られているだけで、自分からレールを切り替える勇気はまだない。

——大人になる、か。私はやっぱりまだ子どもだ。高校生という年代は大人か子どもか、中途半端な時期だというけれど、大人の定義をそうやって定めてしまうのなら、私はきっとまだまだ子ども。

まだまだ向き合えていない気がする。

何に？　……何に、なんだろうね。

「なんだか私も考えさせられちゃいました……」

今日はやっぱり不思議な日だ。胸の中に詰まっていたモヤモヤが、少しずつ溶けてゆくような気がする。

線路の上を駆ける電車の勢いに、その塊が次々と引き剝《は》がされていくようで。穏やかで優しげな印象を受ける老婦人は、しばらく私のことをジッと見つめていた。

「それは……良かったよ。本当に……本当にねえ」

目尻《めじり》にクッシャクシャなシワを作って微笑《ほほえ》んでくる。

喉《のど》の奥からやっと絞り出したかのような声だった。

心のこもった言葉だということに気づかないわけではない。そんなに喜ばれるようなことを言ったかな……？

ハルナさんを見ても、彼はぼんやりと車窓を眺めているだけだった。

「でも……」

すると、今度はミユちゃんが言いづらそうにして唇を二、三度噛み締めた。

「ミユそんなに強くないもん」

「……ミユ」

「ばぁちゃんみたいに、根性ないもん」

顔を上げてはっきり伝えるミユちゃんは、きっと、老婦人が言ったことなんて本当は分かっていたのかもしれない。

「馬鹿にしてくるみんなのことだってものすっごく怖いし、嫌な気持ちになるし、勉強するよりもお絵かきしてた方がずっと楽しいもん……がんばれないよぉ」

――そう。分かる……と、酷く共感した。

「人はものすごく……弱い生きものだよね」

ガタンゴトン……。

私が言いたかったことを代弁したのはハルナさんだ。

ミユちゃんの言葉に答えたのは、彼女の向かいに座っている老婦人でも、私でもない。会話なんて聞いてないと決め込んでいた、目の前のアンニュイな眼鏡男だった。

「俺も、すごく弱いんだ」

「おにーちゃんも？」

「そうだよ。何も守れなかった。それこそ、取り返しのつかないこともした」

「……取り返しのつかない、こと？」

「うん。それでも縋《すが》り付きたくて、祈りを乞《こ》うてみたり、悪あがきもしてみたり。でも……先なんて見えなかった。馬鹿みたいに果てしない旅を続けてる」

ポツリ、ポツリと、口を開く。老婦人もその雰囲気を察してか、物悲しげな瞳を彼に落としているだけで何も言わなかった。

「いつか終わるのかな。いつか報われるのかな。いつになったら心から笑えるようになるのかなって。いつも不安まみれだった」

「……ミユだったら、嫌になっちゃう」

「ハハ、うん。もちろん何度もそう思ったかも。結局何もできなかった。俺はなにも……あげられなかったんだ」

声のトーンを下げたハルナさんは寂寥《せきりょう》たる瞳を宿す。笑っているけれど、泣いているようだった。

こうして長いこと乗車していくうちに、ハルナさんという男がどんな人間なのかが浮き彫りになっていく。はじめはヘラヘラしたふざけた人だと思ったけれど、今は違う。泡沫《ほうまつ》のように消えてしまいそうな人だと思う。

――太陽の光に溶けてしまいそうに。

「じゃあ、おにーちゃんは……」

「なんてね」

「へ？」

「ここから先は、そこのおねーちゃんに聞いてみな？」

「……って、えっ？　ちょ、」

思いがけず私に火の粉が飛んだ。

「お絵描き、このおねーちゃんも好きなんだってさ」

「えっ⁉　そうなの⁉」

途中で話すのが怠《だる》くなったのか知らないが、ハルナさんは唐突に私に話を振ってきた。

自由奔放。急に語り始めると思いきや、何の前触れもなく話し終わる。

――ちょっと、なんて無責任なの！

「ま、まぁ……そう、だけど」

表では当たり障《さわ》りのない返答をしているものの、内心彼に突っかかりたくて仕方ない。って、ああ、また外を眺め始めて自分の世界に入り込んでしまったし。

「上手なの？」

「え、ああ、上手……なのかは分からないけれど、小さい頃《ころ》からよく描いてるよ」

興奮ぎみに私を見上げてくるミユちゃんに、歯切れの悪い返答をする私。すると、同時に感じるのはハルナさんからの視線だった。かと思えばそれはすぐにまた外へと向けられてしまったけれど。なんなんだ、この人。

「じゃあミユのばぁちゃんと一緒だね！」

「……え？」

「ミユのばぁちゃんもね、ずっと絵を描いてるんだ。だから教えてもらってるんだけど、なかなかうまくいかなくて」

「そうなんだ」

ニシシと八重歯を見せるミユちゃんに、老婦人は「……たいしたものじゃねぇべ」と、やや謙遜ぎみに笑っている。きっと素敵な絵を描くのだろうな……。こんなに朗らかに笑う人が描く絵だもん。色彩豊かで心温まるものを生み出すのだろう。

「そのせいでお友達には下手っぴだって馬鹿にされるし」

「……そっか」

「けどね？　ミユは絵を描いてる時が一番楽しいの。ほかのこと、なーんにもしたくないくらいに。少しの時間でもいいから描いていたいんだ。今はまだ下手かもしれないけど、いつか…いつかは……上手になりたい」

「うん」

「だから、学校行く時間はいらないって思っちゃいけないの……？　私を笑ってくる子たちがいるところにいる必要ないじゃん」

眉を下げているミユちゃんは、小さな声でポツリポツリと本音をこぼす。

「やりたいことをただやっていれば、たしかに楽しいよね」

ミユちゃんも、老婦人も私を見ていた。自分自身に自問自答を繰り返す。

「やりたいことをちゃんと〝やりきる〟ためにはね、きっと……そう、チャレンジが必要なんだ」

「やりきる？」

「うん、私も苦手なんだけどね」

ミユちゃんはしっかり聞いてくれていた。まさか、私がこんなことを言うなんて。

「ミユちゃんとおしゃべりをしていて、ふと気づいたことがあるの。私ね、絵を描いていて思うんだ。きっと、いままでに学んだこと、見たこと、感じたことがぜんぶ、その絵に浮かんでくるんだろうなって」

「……浮かぶ？」

「うん。すごく辛い経験をしたことがある人は、見た人を泣かせてしまうような悲しい絵を描ける。逆に、飛び跳ねるくらいに楽しい経験をしたことがある人は、どきどきわくわくする絵を描けるんじゃないかな？」

私は、そういう絵が描けているのだろうか。ただなんとなく描き進めている絵には心が躍らないように、私はずっと、色味のない絵を描き続けていたのかもしれない。

「だから、たっくさん勉強をしてきた人や、辛いこと、嬉しいことを経験した人の絵は、みんなを魅了するんだよ。伝える力が、きっとある。ねえ、ミユちゃんはどんな絵描きになりたいの？」

立派な人間になんてならなくていいから、好きなことだけしていたいと思っていた。

自分にだけ優しい世界で生きていたいと思っていた。

そうして毎日を過ごしていると、いつか、今の私みたいに虚無感で押しつぶされそうになる。なんのために生きているのか分からなくなって、ただ呼吸をしているだけの日々の繰り返しになってしまう。

きっとそれではダメなのだ。人は、外の世界を見て、成長していく生き物だ。心のどこかで本当は、そういう人になりたかった。だから、この電車に乗ったのだ。

なんだったかな。私も小さい頃にこのようなことを言われたんだっけ。私がミユちゃんくらいの年の頃から、よく絵を教えてもらっている先生がいる。基本中の基本を叩《たた》き込まれたものだ。だから、これらは受け売りの言葉ばかり。まさか自分が誰かに助言できる日が来るとは思わなかったけれど。

「どうせだったら、本物の絵描きになりたいでしょ？」

「……本物の」

「うん。ミユちゃんはなんで絵を描いてるの？」

私が絵を描き始めた最初のきっかけは、両親が笑顔になってほしいと思ったからだった。忘れかけていた気持ちを取り戻すことができたから、この子もちゃんと気づいてほしい。電車は依然として田舎町を駆け抜けてゆく。終点へと、少しずつ近づいていた。

「……それはただ楽しいのもあるけど」

ミユちゃんは老婦人に目を配り、ギュッと口を結ぶ。

「ばぁちゃんが最近、ね……元気なくて」

「……ミユ」

「でも、ミユが絵を描いたらね、ばぁちゃん、泣きそうになりながら笑ってくれるんだよ」

「……っ」

「なんでなのか分かんないけど、絵を描いたらばぁちゃんが悲しい顔をしないでくれるから。だから、描いてる」

そっか。私と一緒だったんだね。

そう思ったら胸が温かくなった。

好きなことをずっとしていられたら楽だけど、それだけでは満足のいくものが描けないことを本当はミユちゃんはよく分かっている。

「じゃあおばあちゃんが感動する絵ってどんなのだろうね」

「え……？　うん……と」

「見た人を感動させるすごい絵にはさ、たぶん、エネルギーがあるんだ。嬉しかったこと、辛かったこと、たっくさんの経験をしているから、はじめて伝わってくる」

「……んん？　ミユ、分かんない」

「んーじゃあ、たとえば、おばあちゃんが海の向こうのアメリカの風景画がみたいって言ったとするね？　ちなみにミユちゃんはアメリカ、行ったことある？」

「ないよ、ミユ、飛行機怖い」

「うんうん、それじゃあ、ミユちゃんは行ったこともないアメリカの風景をとっても綺麗に描けるかな？」

「……描けないよ、そんなの。どんなところなのか分かんないもん」

「そうだよね。きっとすごーく綺麗に描けるのは、実際に飛行機に乗って、アメリカに行ったことがあって、そこがどんなに美しいのかを自分の目で感じたことがある人なんだよ。つまり、おばあちゃんのために素敵なアメリカの風景画を描いてあげたいのなら、苦手な飛行機を克服して、その地がどんなところであるのかをミユちゃんの目で知る必要があるっていうこと」

　すっかり忘れていたけれど、私はずっとその気持ちを大事にして描いていた。自分だけが満足できる絵はそれまでで、結局、誰かに見てほしいから絵描きは絵を描いている。

私は、自分が描いた絵を見て、誰かが涙してくれた時の感動を、たぶん、知っている。

「既存の写真を模写しても、それなりにうまく再現できるかもしれないけど……きっと、違うんだよね。偉そうに言えないけどさ、だから学びは必要なんだよ」

「……学校、行かなきゃだめなの？」

「おばあちゃんだけでなく、もしもミユちゃんがたくさんの人を感動させられるすごーい絵描きになりたいのなら、学校に行って、ミユちゃんが知らないことをもっともっと学ぶべきだと思うんだ」

「友達に下手っぴだって馬鹿にされても？」

「最初はみんなうまくできないよ。頑張ってる自分を恥ずかしく思う必要はないし、ひどいことをいう子の声は聞かなくていい！　焦《あせ》らないでゆっくりやり続ければいいんじゃないかな。そうしたら、きっと素敵な絵が描けるようになってるよ」

「そんなの、ミユにできるかな…」

もちろん、心が弱くなって、くじけてしまいそうになる時もあると思う。

そこで乗り越えられるかどうか。私は果たして、誰かにこれを言えるほど強くいられているのだろうか――。

「そんな時は……そう、笑顔を見たい人のことを考えるの。するとね？　不思議なことに勇気が湧《わ》くんだよ」

「……勇気」

「そうだよ。心が強くなる。どんな失敗をしたって、へっちゃらになる。そうすればミユちゃんもすぐに大人になれるよ。いい絵が描ける、魅力的な女の人に」

　これはハルナさんがポロッと口にしていたことの続きだった。正面から無言の視線を感じたけれど、何をしてくるわけでもない。

　大口を叩いてしまったけど、無気力な日々を送っている私が本当はこんなことを言えた義理じゃないのだ。マンネリ化した日々。ポッカリ空いた穴。けれど、このボックス席に座ることで、少しずつ色を取り戻してきたような。

　絵を教えてくれた先生が幼い私に何度も何度も口を酸っぱくして言い続けてきたこと。

　それが今になってこんなにも胸に響く。

「あと友達が馬鹿にしてきたらさ、逆に胸を張るべきだと思う！」

「え？　何で？」

「だってさ、やりたいことがあるって素敵なことじゃん。夢があるって最高じゃん。一心不乱に頑張ってるミユちゃんを見て、きっとみんなすごい！って思うようになるよ。ミユちゃんってなんだかカッコイイって」

　フフ、と口角を上げると彼女はキラキラした眼差《まなざ》しを私に向けた。

「ほんと!?」

良かった。どうやら胸のうちにあったモヤモヤは晴れたみたい。

「うん。だから、学校も行って、絵も頑張ること！　ミユちゃんならできるよ」

「うわあああ、なんか頑張れそう！」

「……って、なんだか私もいろいろ思い出したよ。ありがとうミユちゃん」

「ううん！　こちらこそありがとうっ！　おねーちゃん！」

満面の笑みを浮かべているミユちゃんに頬が緩む。

「ごめんなさい……。勝手にペラペラと」

窺《うかが》うように老婦人を見た。彼女はしばらくギュッと口を結んでいたものの、私の視線に気づくやいなや「ありがとね」と頭を下げてくれた。

「ねえねえおねーちゃん、ミユね、これに絵描いてほしいな！」

すると、隣からグイグイとスケッチブックが押し付けられる。ミユちゃんだ。

「ええ？」

「お願い！　おねーちゃんの絵が見てみたい！」

「……私の？」

「うん！　宝物にする！」

……宝物、か。ハハ、と苦笑するも、押しに負けてスケッチブックと鉛筆を受け取ってしまった。

鉛筆を手に取ると、不思議な気持ちになった。

久々に握った——みたいな。あんなに力を入れていたはずのに、ここしばらくはなんのやる気も起きなくて、ずいぶんと握っていなかったように思える。

何を描こうかと思った時、ふと正面で頬杖をついているハルナさんが目に入った。ぼんやりと田んぼ風景を眺めているだけの彼とは依然視線が合わない。

その目には何が映っているのだろう。何を思っているのだろう。

……変な、人。

なんとなくこの人をモデルにしただけだったのに、思いのほかすらすらと指が進んでゆく。鉛筆を滑らせながら私は、小、中学生の頃を思い出していた。


両親の笑顔が見たくて絵を描きたいと思ったけれど、それはあまりに漠然とした思いに過ぎなかった。それに気づいたのは、ちょうど私がミユちゃんくらいの年の頃。

具体的にどんなことをすれば素敵な絵を描ける人間になれるのか、なんてことも考えていなかった私は、ずっと煮え切らなかった。

だから、それこそクラスの友達には馬鹿にされた。

大して上手じゃないのに、絵を描き続けている私が不思議でならなかったんだ。面白くない子。付き合いの悪い子。なにを考えているのか分からない子。

ミユちゃんのように休み時間もずっとお絵かきをしていた私は、クラスの女の子たちからちょっと浮いていたかもしれない。キャッキャと頬をほころばせて外遊びをしに教室を出ていく輪の中に私はいなかったし、もちろん誘われもしなかった。

ポツン、と教室で独りぼっちになることもあったけど、私は少しでも早く絵がうまくなりたくて。必死に働いてくれている両親のために、私もなにかをしてあげたかった。

母が過労で倒れると、はやく上手になって元気づけてあげないと、と強く思うようになった。けれど、焦る気持ちに反して技術は全然ついてこない。

やりたいこと、夢があったとしても、努力した分だけ報われるとは限らない現実。誰一人の力にもなれないのかもしれない、と唇を噛んでいた頃に、再びクラスの女の子たちが私の席のまわりに集まってきた。

「下手っぴ～」

「いろはちゃんって変な子だよね」

「こんなの描いてなにが楽しいのぉ？」

奇妙なものを見るような目だった。私が描いていた絵を取り上げる彼女たちに「やめて」と身を乗り出すが、小馬鹿にしたまま返してはくれなかった。

確かに、上手ではなかったけど、みんなと遊ばずに一人で絵を描いていることはそんなにも虐《しいた》げられるようなことだろうか。

なんでもいいじゃん。あなたたちに迷惑かけてないじゃん。放っておいて。

家で寝込んでいるお母さんに、出来上がった作品を見せてあげたかった。きっと笑顔になってくれる。

「ありがとう元気なったよ」って。でも、こんなものじゃ足りない。こんな粗末な絵では、本当の意味でお母さんを励ましきれない。

見た人の人生を大きく変えるほどの感動を与えられるようになりたい。明日への活力となる、生きようと強く思えるような、そんな絵が描きたいのに。

「あははっ！　いろはちゃんおっかし〜」

——だから、さ。

泣きそうになっていた時、教室にあの子が割り入ってきた。

〝努力してる人を笑うだなんて、最悪だね〟

……そうだ。

小学生のころの記憶なんて曖昧な記憶なものだけど、私をかばうように女の子たちとのあいだに立ち入った少年がいた。同い年だったから、親しかったのだ。

そうこうしていると、私が絵の勉強をしていると知ったらしい母親の旧友が先生を紹介してくれた。先生は、目標を実現するためには何をすべきか、その根本的な部分から細かく教えてくれた。何かを表現するためには、人生においての引き出しの多さが重要になってくるのだと。どれだけ素晴らしいものに触れてきたか、どれだけ切なくて、しんどい思いをしてきたか。技術とは、まさにそれなのだと教えてくれた。そうすることで、作品の細部までこだわることができるし、描きたいイメージをより鮮明に再現することもできるのだ、と。

描きたい、という気持ちは確かに大事だけど、良い作品を生み出す人はそういう努力を惜しまない。親御さんに喜んでもらいたいというのなら、いろはもさまざまな経験を積むんだよ。そんなことも言われたっけ。

先生と私はいつも二人三脚で作品を作り出してきた。中学生の頃、下野《しもつけ》教育美術展ではじめて金賞をとった時には二人で抱き合って喜んだ。

大賞にはまだまだ届かなかったものの、そのほかの美術展でも私の作品がポツポツと入賞していって、壇上で表彰されることも多くなった。

確かにうまくいかないこともあった。才能がないのかも……と。

でも、それでも諦めず続けられたのは、強い目標や夢の意識と、人の支えがあったからだ。切《せっ》磋《さ》琢《たく》磨《ま》して、互いを刺激しあって……――。

「お、頑張ってんね」

放課後、美術室。黙々とキャンバスに向かう私の意識が引っ張られる。〝南中学校陸上部〟の文字が入ったジャージーが視界に飛び込んでくる。

――触り心地のよさそうなタオルを首に巻いて汗を拭う少年は……。

*

「できた……」

ひとつひとつの筆入れが妙に緊張した。大事に大事に完成させたあと、しばらく出来上がったものを眺めてしまった。

妙に胸が高鳴る。ざわつく。ただの似顔絵だというのに、私が描きあげたものはそれ以上の役割を持っているようだった。

私はきっと生きる上で大切な核となるものを、日々の生活の中で置きざりにしていた。

車窓から見える鮮やかな風景に心が惹《ひ》かれるように、ひょんな出会いから大事な気持ちに気づかされる。

「わあああ！　じょうず！　そっくり！」

ペンとスケッチブックをミユちゃんに返すと、彼女は瞳を丸くして喜んでくれた。

「おにーちゃんだ！」

「……え？」

私が描いたものでこんなにも笑顔になってくれるのは、あらためて思うけど嬉しいことだな。胸が温かくなっていると、ミユちゃんの発言にハルナさんが反応する。

まさか自分が描かれていただなんて思わなかったのだろう。気の抜けきった声が耳に入ってきた。

「ほらほら！　見て！」

「わ……！　ミユちゃん……！」

勝手に描いてしまった身なのだけれど、本人に見られるのはさすがに恥ずかしかった。手で覆うのもタイミングは遅く、ハルナさんはスケッチブックを受け取ると、白黒で描かれている自分の横顔を無言で見下ろす。

「……その、すいません、勝手に描いちゃって」

だって、車窓を眺めているハルナさんは儚《はかな》くも美しいと思った。とても絵になった。

ペンが一度も止まらなかった。線に迷うこともなかった。

一筆、一筆に感情が乗る。それすら表現しつくしたくて、気が付いたら夢中になって描いていた。

物憂げに外を眺めている様子が繊細に描かれている絵を、彼は黙って見つめている。

「……あの」

ちゃらんぽらんなハルナさんはいなかった。瞳を静かに下げている彼は、寂寞と口を閉ざす。

本当の彼はどっちなのだろう。

「ほんと、うまいよね」

ポツリ、言葉を漏らしたハルナさんは火が消えたように微笑む。

「俺を描いてくれたんだ……」

「はい……なんかこう指が自然と」

「そう」

なんて言ったらいいんだろう。嬉しさと悲しさがごちゃ混ぜになった顔をしているハルナさんに、うまく振る舞えない。

「ばぁちゃんも見て！　おねーちゃんほんとじょうずだよ！」

予想外の反応にタジタジになっていると、ミユちゃんは今度は老婦人にスケッチブックを押し付けている。ああ、なけなしの模写が絵画の大先輩の目に触れてしまう。おこがましいし、恥ずかしい。どんな評価がされるのか内心ドキドキした。

けど、

「いい絵、だねぇ……っ」

――彼女は、スケッチブックを受け取って、息を殺すように泣いていたのだ。

「本当に……」

「ばぁちゃん?」

シワの目立つ目尻から流れているのは確かに涙の粒だった。また、だ。私はこの日に涙を三回も見た。私の周りにはどうやら、涙もろい人が多いみたい。

心配するミユちゃんに「だいじだべ」と微笑んだ老婦人は、隣に座っているハルナさんへと目をやった。

「描いてもらえて、よかったねえ……」

「……」

「よかった、ねえ……」

ハルナさんは何も答えなかった。丸眼鏡の奥に影を落としたまま、彼女に無言で頭を下げるだけ。老婦人は潤んだ瞳を揺らし、声を震わせながら涙を拭《ぬぐ》うと、私へと頭を下げてきた。

小さな背中をさらに丸くして。

「初対面……の、私らにこんなに良くしてくれて……ありがとねえ……」

「いえ……」

「こんな絵まで貰《もら》ってしまって……」

「こちらこそありがとうございました。……私も何だかたくさん貰っちゃいましたから」

両手を振って困り顔をする私に、また物切なそうな瞳を向けてくる。

「そうかい……」

また、雫《しずく》を落とす。スケッチブックに描かれた絵を再び感慨深そうに見つめる老婦人に、「急に泣いて変なばぁちゃん」と不思議そうにするミユちゃん。

二人はしばらく絵を眺めていた。ハルナさんはまた電車の外の世界へと意識を飛ばす。

伏し目がちに、何を考えているのだろう。

『新鹿沼《しんかぬま》～、新鹿沼～』

気づけば私も上の空になっていた。いつの間にか動いていた景色が静止している。いろいろと話し込んでいるうちに楡木《にれき》駅、樅山《もみやま》駅を通過していた電車が、新鹿沼《しんかぬま》駅に停車したのだ。

鹿沼市は、栃木市の真北にある日光市にも隣接している大きな街だ。

「あっ！　ついた！」

「おやおや……、降りねえといけねえべ」

ふと、車窓に向けていた視線を隣に戻す。

「降りられるんですね」

「うん……、短い間だったけど……世話になったねえ」

「おねーちゃんありがとう！　ミユ頑張るね！」

東武金崎駅を出発して間もなく乗車して来たミユちゃんたちは身じたくを整える。ボックス席に乗り込んで来た人が一人、また一人と電車を降りてゆく。

スケッチブックを抱きかかえて立っているミユちゃんの頭を撫《な》でる。そこから老婦人へと視線を向けた。彼女は口の端にシワを寄せ、嚙みしめるように、小刻みに唇を震わせて私を見つめていた。綺麗な漆黒の瞳は、確かに私を映していた。

「……良い旅を。心からそう、祈っているよ……」

せきせきと言葉を並べ、つぶらな瞳を涙ぐませながら背を向けた。

……なんなんだろう。

東武金崎駅でおじさんと別れたときに似た、奇妙な感覚だ。

「またどこかで出会えたらいいねえ」

「ばいばーい！　おねーちゃん、おにーちゃん！」

ホームに降り立った二人はこちらに手を振ってくる。プシュー……、扉が閉まると、後ろ髪引かれる私をよそに電車は動き出した。

――旅は出会いをくれる。それがたとえ、どんな形なのだとしても。

ガタンゴトン。隣が空席になって物寂しく思うのはなぜだろう。つい数十分前に知り合ったばかりの人たちだというのに、私はあの人たちにすっかり溶け込んでいた。

「瞳に色がついたね」

――ううん。思えば、この人もだ。この〝東武日光行き〟の電車に乗り込んだ時からずっとそう。みんながみんな、私の中に入り込んでくる。

「うん、最初の頃よりもずっと色がついてる」

「……はい？」

「いろはっていう人間の色」

「はぁ……って、っ、みゅっ」

しばらく無口になっていたハルナさんは、ニッと口角を上げると、あろうことか身を乗り出して私の頬を摘《つま》んで引っ張ってきた。

ち、近い！　痛い、でもなく。なんだ急に、でもなく。最初に感じたのは羞恥心。爽《さわ》やかな柔軟剤の香りが鼻先を掠《かす》め、丸眼鏡と降りている前髪の隙間《すきま》に確かに存在する綺麗な瞳が私を捉《とら》えている。子ども扱いをしてきたと思いきや、眉を下げ、あまりに柔らかく笑うのだから胸が鳴ってしまった。

「……嬉しかった」

「え？」

なんでこんな見ず知らずの男の人にときめいてしまっているんだ。未だかつてないことに自分でも混乱しつつも、小さく呟《つぶや》くハルナさんに私の意識は釘《くぎ》付けになった。

「俺の絵を描いてくれて」

「あ、あぁ……そのことなら」

「感動した。本当にありがとう」

ハルナさんは摘んでいた指を解き、そのままの流れで私の頬に優しく添えてきた。

なんだろう、この目は。ゆらゆらと瞳を揺らして、私をどんな風に見ているの？

「ずっと……描いてほしかった。ずっとずっと、待ってた気がする」

「……大げさな」

「大げさじゃない。勇気をもらった」

「そう……ですか。気にいってくれたのならよかったですけど」

似顔絵を描いただけなのに、ハルナさんはやっぱり変な人だ。

——いったいなんの勇気？　お世辞とも取れるようなの彼の言葉。それでも彼はデタラメを言っているような目をしていなかった。ミステリアスな雰囲気を保ったままで摑《つか》みどころがないものの、彼は本当に喜んでくれているように感じた。

「ていうか、これ、いつまで」

「ん？」

だけど、それとこれとは別問題だ。私の頬に添えられている手に指をさして訴える。

ケロッとした顔でしらばっくれようったって、バレバレだっての。

「いろは、肌すべすべだなー」

「はぁっ？」

「うん。いかにもぴちぴちの女の子だ」

「いかにもってなんですか！　失礼な！」

一度ポカンとしたハルナさんは、直ぐにハハハ、と笑ってまたほっぺをつねってくる。

だ、だから近い。突然声をかけてきた男の人。人を殺したことがあると自白してくる変な人。挙げ句には私の心臓を食べたいだとか、不気味なことまで言ってきて……。

怪しすぎて普通なら席を外すレベルなのだろう。

でも、私はそうしない。時間が経《た》つたび、列車が先は先へと進むたび、景色が移りゆくたびに、かえって私の心はハルナさんを受け入れる。

「……ほんと、夢みたいに、嬉しいよ」

それから、おどけたように離れてくれたハルナさん。ホッと胸を撫でおろす私に、

「いやーやっぱりうまいね。絵を描くのが」なんて自慢げに声を張ってきた。何を自分のことみたいに。

あなたが誇らしげになる意味が分からないと思ったけど、とりあえず「ありがとうございます」とだけ返す。

「ていうか、やっぱりってってどういうことですか？　ハルナさん、私の絵、見たことないくせに」

「んー？　あるよー？」

「適当なこと言わないでください」

知ったかぶらないで。と、また観光マップを開き始める私から、ヒョイとそれを奪い

取ってしまうハルナさん。

「適当なことだと思う？」

私の胸の奥を探るように、下から覗き込んで視界に割り込んでくる彼に、思わず喉が鳴った。

「俺はいろはがどんな絵を描くのか、知ってるよ」

「……そんなはず、」

「繊細だけど、力強い。想いの全てがギュウギュウに詰まったキャンバスは、見るものの心を震わせる。いろはが描いたものは……、まっすぐで、眩しくて、明日を見る希望を与えてくれるんだ」

物憂げな微笑みだった。けれどすぐに楽天的になり、「信じるか信じないかはいろは次第だけどねー」なんて、言って観光マップを返してくれた。

なんだろう。ビックリしたけれど、私の絵のコアなファンか何か？

勝手にイチゴオレを飲まれる光景ももう慣れてしまった。

「イチゴオレだとかチョコだとか、本当に甘いものが好きだねえ、いろはは」

ケラケラと笑いながらも袋に手を伸ばすハルナさんは、今度はボリボリとアーモンドチョコを頬張っている。

「またそんな分かったような口をきかないで。……ああ、だから噛まないでください。あり得ない。アーモンドが可哀想」

「いーや？　ぜってーこうした方がうまいって。それにさっきも言っただろ？　俺はいろはのことをよーく知ってるってー」

「ああ言えばこう言う……。この天パ星人め」

　ハイキング客や、観光、温泉旅行客で賑《にぎ》わっている車内で、若者が向かい合って口論している。まったく、なんでこんな人にムキになってしまっているんだ……。シカトを決め込もうとした時、不意に溢《あふ》れたのだろう失笑が耳を掠めていった。

「天パ星人か」

　思いつきだけど、何？　ハルナさん、どことなく嬉しそうに見えるのだけど……もしかしてドMとか言わないよね？

「な、なんですか？」

「いや……、何でもないよ」

　つくづく変な人だ。何考えてるのかサッパリだし、すごくどうでもいいところで不可解なアクションをしてくる。

　そうして、最寄りの新大平下駅と終点の東武日光駅のほぼ中間地点にある新鹿沼駅を通過した。線路の先がなくなるまで、移りゆく景色が静止するまで、非日常な旅は、残すところあと30分あまり——。

それまでに私は、彼の正体を見破ることができるのだろうか。そしてその真実を知った時、私は一体どう思うのだろうか。

「んで？　最後に日光行ったの、いつだっけ？」

新鹿沼駅を出発してしばらく、田舎風景は変わらずのどかだった。観光マップを再び開いていると、ハルナさんが声をかけてくる。

「先月のゴールデンウィークですけど、それが？」

「ふうん。どんなだった？　先月行った、日光は」

こんなことを聞いてきてどうするつもりなんだと訝しく思うけど、返答してしまうくらいにはハルナさんへの警戒心が薄れていた。

「んー……、快適でしたよ」

「快適？」

「はい。人もそんなにいなかったし」

「ゴールデンウィークなのに？」

「……？　まあ、そうですね」

「ふうん、連休なのに人が少なかっただなんて、随分ラッキーだったんだな」

ハルナさんは淡々と口を開いた。

……そういえば、そうだったかも。

先月に日光を訪れた時は、ちょうどゴールデンウィークの真っただ中だった。だけど、案外空いていたような気がする。あまりにも時間に余裕があったから、バスに乗って奥日光にも行くことができたんだ。奥日光は、日光市街地の標高約６００メートルに比して、それより６００メートル以上高い場所にある。神聖な空気が漂うスポット。同じ地球上にあるはずなのに、世界の一断片にすぎないはずなのに、まるで異世界にいると錯覚してしまうほど。

夏でも冷涼で、日光市街が梅雨空だったとしても奥日光は晴れていることがあったり、秘境として知られている。日光市街地に比較すると、歓楽的色合いはほとんどなく、明治以降になってから静寂な避暑地や温泉保養地として名を馳《は》せていったらしい。

市街からいろは坂を上り、海抜高度１，２６９メートル。日本屈指の高さを誇る中禅寺湖畔は、とても美しかった。

吹き付ける湖風。太陽の日差しは暖かく、木々はざわめき、私の髪を揺らす。

また行きたい。何度だって……行きたい。

永遠に続けばいいのに、と思うくらいに……幸せな時間だった。はずなのに、

「――泣かないで」

優しく切なげな問いかけに、ふと、私の意識はこちら側に引き戻された。

あ、れ。あれ……？

なんで。ハルナさんは何を言っているんだ、と疑問に思いながら目元に指をやって驚いた。私は意図せずに涙を流していたからだ。

「……意味、わかんな……」

「いろは」

「……っ、なんで……、なんで」

堪《こら》えが利かなかった。ボロボロと涙がこぼれ落ち、トップスにシミを作っていく。泣きたくなんてない。悲しいかと言われたらそれも違う。拭っても拭っても大粒の涙が出てきてしまう。

「俺は君を泣かせてしかないな」

「え……？」

「だけど、立ち止まってばかりじゃいられない」

「何言って」

「〝生きる〟というのはそういうことなんだと思うから。この電車のように前に、前に、進まないといけないんだ」

瞳の芯《しん》を色濃く染めたハルナさんは、一転して誠実な雰囲気を纏《まと》い、私の目元を拭ってくれる。ガタンゴトン……。電車は依然、揺れている。

田舎風景は出発地点とあまり変わっていないように見えるが、実はそうじゃない。電車に乗るということは、常に異なる場所へと移動するということ。

絶えず気づき、絶えず学び、絶えず進化してゆく。

それが人生なのだ。前に、前に——。

『4月21日に実施された東武鉄道の東武スカイツリーライン、日光線、鬼怒川線などで特急〝リバティ〟の導入を中心としたダイヤ改正により、日光・鬼怒川方面において快適性・速達性・利便性の高い特急列車を増発する……』

車掌さんによる抑揚のない車内アナウンスを耳にしながら、私はハルナさんと見つめ合う。この人は……誰なの？

分からない。あなたは私を知っているのに、私はあなたを知らない。

ようやく指が離れていった時、ハルナさんと同じくらいの年代のカップルが私たちの座るボックス席に腰を下ろした。

（4）新鹿沼
↓明神

Shin-kanuma
→ Myojin

新鹿沼《しんかぬま》駅を発車した〝東武日光《とうぶにっこう》行き〟は、様々な思いを乗せて北上してゆく。涙を完全に拭《ぬぐ》いきった私はというと、手帳を開いて４月の自分を振り返っていた。こうすると少し気持ちが落ち着く。

よく見ると、４月始まりのこの手帳は、まだ使い始めて２カ月ほどだというのに、めくる部分がかなりくたびれてしまっていた。物をもっと丁寧に扱うようにしないと、たった２カ月でボロボロにしてしまっては、１年間もつわけがない。

――２０１４年４月21日。月曜日。〝とってもカラフルなスペーシアを見た。断じて鉄道オタクではないけれど、珍しいモデルの電車を見るとつい気分が高まってしまう。なんだか唐突に日光に行きたくなった。だから思い切って誘ってみることにする〟

東京と日光・鬼怒川《きぬがわ》方面をつなぐ東武鉄道の特急用１００系列車の愛称で親しまれている、特急スペーシアは、日光線・東武日光駅発着の〝けごん〟と、鬼怒川線・鬼怒川温泉駅発着の〝きぬ〟で運行してる。あれに乗るのが夢なんだよなあ、なんて。

……そういえば、誰を何に誘ったんだっけ。当時の自分の行動が思い出せないあたり、そんなに大したものじゃないとは思うのだけれど。

太陽の光をたっぷり浴びている田んぼ風景に目を向けながら、私は、5月のページをめくる前に手帳を閉じた。

——学校をサボってしまったけど、今頃《いまごろ》先生から連絡来てるよね。

成績ギリッギリで今の高校に入学して、私は美術部に入った。絵画をはじめた理由は、単純に両親への労《ねぎら》いの気持ちからだったけど、次第にもっともっと多くの人に見てもらいたいと思うようになった。私が生み出したものが誰かの糧《かて》になればいい。それはやりがいに変わり、いつしか夢になった。

地域レベルではなく、もっと広く、もっと多くの人を感動させられるような、全国レベルの美術展で最高峰の内閣総理大臣賞を取ることを目標にして、頑張った。放課後は毎日夕方6時まで美術室にこもって絵を描いていた。無理だ、無謀だ、と言ってくる人もいたけれど私は諦《あきら》めなかった。やりきらなきゃいけなかったし、やりきりたかった。とにかく必死で、想いをぶつけるようにキャンバスに色を重ねていた頃が、ずいぶんと、
ずいぶんと——……、

「あの〜……」

その時だ。隣から透き通った綺麗《きれい》な声が聞こえてきた。ハルナさんと同じ年代だと伺える若い女の人。私の隣に座っているその人から、興味深そうな視線が向けられる。

「それ、日光の観光マップですよね？」

「……え？」

さらに人さし指を突き立てて、私の膝の上に広げている観光マップを示す彼女は、えくぼをつくって朗らかに笑う。

「あ、はい」

「よく行かれるんですか？」

「よく、というほどでもないですけど」

「……だってさ！　サトル！　明日回るところのおすすめ教えてもらおうよ！」

カップルかな？　サトルと呼ばれた男の人の腕を引っ張っていて仲睦《むつ》まじい。

「エリ。またそうやって誰にでも声をかけて」

「あら、いいじゃな～い。今日はおばあちゃん家に顔出さなきゃで、決める暇ないんだし、今のうちにいいスポット教えてもらった方が効率いいじゃん！」

「まあ、そうだけど、迷惑だろ」

「うっさーい。こういうの、一期一会っていうじゃん？　ねえ、あなた名前は？　私はね、エリっていうの。こっちはサトル」

すらすらと自己紹介をするエリさんに「い、いろはです」と頭をぺこりと下げた。

「いろはちゃん！　どうかお願い！　教えてくださいませんか！」

ハルナさんと同じ年代だと思われる二人。いきなりフレンドリーにいろはちゃんと呼ばれるものだから照れてしまう。

エリさんは短いボブカットを揺らし、チャームポイントのえくぼを作って小首を傾《かし》げた。

「わ、私で良ければ」

「わあ！　本当？　ありがとうございますっ！」

「手間をとらせてしまってすいません……」

エリさんからは華やかなオードゥトワレの香りがした。無邪気さがあるけれども、それでも容姿は大人っぽい人だと思った。うらやましい。私もこんな風になりたいなあ。

「手間ってなによ。そういえばサトル。来週のショッピングは付き合ってよね。一人で東京に行くなんて、ぜったい迷子になっちゃうんだから」

ため息を吐《つ》いて呆《あき》れるサトルさんに、エリさんは頬《ほお》を膨らませている。

あれ、おすすめスポットを教えるんじゃなかったのかな。

「分かったけど、先月も行ってただろ」

「だからなに。いいじゃん、あっちの方が新作置いてるんだもん」

「……だからって、栃木から東京ってすぐに行ける距離でもないんだから」

またため息をつくサトルさんだけど、

「でも、東武線だと快速で浅草まですぐですよね？」

そんなに行きにくくもないような気がするけど、どうなんだろう。間に割り込むと、サトルさんとエリさんは２人で目を合わせた。

「ああ～、それね、確かに便利だったんですけどねえ」

「……え？」

一拍おいてから、エリさんが浮かない顔をした。

「前は私もよく使ってたんですけど、４月の下旬？　……くらいに廃止されちゃって。今は南《みなみ》栗橋《くりはし》までしか行かなくなっちゃったんですよね」

「え……、うそ、そんなはずは」

「あれ？　知らなかったですか？　車内アナウンスでよく流れてますよね？　あの快速楽チンだったから好きだったのになぁ～、代わりに急行が新設されたんだって」

「へ、え……」

「東京方面に行きたければ、栗橋《くりはし》でＪＲか、南栗橋で一度メトロに乗り換えなきゃいけないのがなんかもう面倒くさくて」

　埼玉県久喜《くき》市にある南栗橋駅へは、最寄りである新大平下駅から30分強だ。日比谷《ひびや》線、半蔵門《はんぞうもん》線、田園《でんえん》都《と》市《し》線直通列車が乗り上げる南栗橋駅は、北関東と都心部の重要な橋渡し役をしているのだけれど……。

　知らなかった？　なんで？　この違和感は、なんだろう。

「なんて言ったっけ、ダイヤ、なんちゃら……」

「……ダイヤ改正」

「そうそう！　サトル賢い！」

「こんなの常識だろ」

　はぁ、とため息を吐くサトルさんの言葉にもちょっと引っかかった。

　常識？　毎日使っている私はなぜ知らないのか。あんまり考えたくはなかった。

「ハハ、私、いつも通学で下りしか使わなかったから、うっかりしてたのかなあ」

　戸惑いを隠すように、とわざとへらりと笑っていると、

「え？」

　エリさんの声が耳に入ってくる。

同時に何かを躊躇《ためら》った、重々しい視線を感じた。エリさんもサトルさんも、何かの糸がパチンと切れたように。なぜか深妙な表情で私のことを見つめていたのだ。

「学生、さん？」

「はい。高校3年生です。今日はちょっと、学校をさぼってて」

「こう、こうせい……」

……けれど、それも一瞬だった。

すぐに明るい表情に戻ると、「いやあ～そっか、大人びててそんな風には見えなかった！　どこの高校？　それにしても残念。制服姿、見たかったなあ！」とエリさんは抱きついてくる。

なに、びっくりした。というか、さっきの間はなんだったんだろう。私が高校生だったら悪いのか。

「いやあ、私の高校時代ってこんなだったかなって思ってさぁー」

この人、相席をしただけなのになんでこんなにフレンドリーなの。女性であってもいきなり抱き締めてくる人っていないよ、普通。

びっくりしたけれど、不思議なことに嫌な感じはしなかった。

「私、高校の時は部活馬鹿でね。オシャレだとかそういうのはなーんにも。ソフトボールのことしか考えてなかったから、少年だと間違えられるくらいで、髪なんて今より短かったんだあ。ベリーショートだよ。ベリーショート」

「ソフトボール……、すごい」

「そこらの男子よりも短かったよな。マジで」と、さらにサトルさん。

でも、なんだかいいな、って思った。私もいつかエリさんとサトルさんみたいに、誰かとこんな風に……。白い歯をチラつかせて小馬鹿にしている彼と、気に入らないとばかりに眉《まゆ》を顰《ひそ》めている彼女の関係が、私にはキラキラ光って見えた。

「ねえ、いろはちゃんはなにか部活とかやってたりするの？」

すると、興味深そうにエリさんが問いかけてくる。

サトルさんもそんな私を静かに見つめている。ハルナさんだけは窓の外の風景をただぼう、と眺めていた。

「美術部です」

「美術……」

ただ所属している部活を口にしただけだ。それなのに二人は随分と、慎重な眼差《まなざ》しを向けてくる。

そんなに珍しくもないだろうに。なんて思って「ハハ、地味ですよね」ちょっとヘラヘラしてみると、エリさんは「そんなことない」とすぐに否定してくれた。

「どんな絵描くの？」

「んーっと、風景画と人物画。どっちも結構得意です」

「うわあ、すごい、見てみたいかも」

さっき降車していったミユちゃんのスケッチブックに描いた、ハルナさんの絵。まるで染《し》み付いたように鉛筆がサラサラと動いていった。

「でもいいね。高校時代って、人生の中で一度きりしかないもん」

「……そう、ですか？」

「うんうん。大人になると分かるの。私、ソフトボールやってた時はさ、すっごく過酷な練習ばっかりで、楽しくないって思ってた。だけどあの3年間は、振り返ってみるとどうしたって取り戻せない。いろんな葛藤《かっとう》があって不安定だったけど、すごくキラキラした、かけがえのない時間だった」

過去に思いを馳《は》せているのか、エリさんは懐《なつ》かしそうに瞳を下げている。

「かけがえのない……」

「そうだよ。宝箱みたいなものなの。ハタチ過ぎてみて分かるんだよ。あんな高校時代は二度と戻ってはこない」

「……戻って、こない」

「うん。思い切り笑って、思い切り泣く。子どもでも大人でもない中途半端な時期だからこそ、いろんなものがぶっ詰まった濃密《のうみつ》な時間だったよ」

　エリさんの言葉が妙に胸に刺さったのはなぜだろう。

「あーごめん、なんか話が逸《そ》れちゃったね」

　私はここ最近、無気力だった。何にも夢中になれない、つまらない日々。でも、この旅を通して私心の底に眠っていた熱を再確認することができた。多くの人に感動を与えたいという気持ちで部活を頑張っていた。納得のいくデッサンができない状態が続くと落ち込むこともあるけれど、悩みながら時間をかけ、試行錯誤をした末に成果に結びついた時は、泣きそうなほどに嬉しかった。けれど、それだけじゃなくて、どうしようもなく駆り立てられるほどの強い想いがまだ胸の内側で燻《くすぶ》ってるように思える。

「おすすめスポット教えてもらうんだったのに」

「エリはいつもこうペラペラと。話し始めたらいつも止まらないな」

「サトル、うっるさい！　あっ、あのね、この人、こんなんでも私の旦那なんだ。つい最近籍入れたばっかりだから自慢しちゃう」

　旦那さん？　いかにもその単語を言い慣れていないような振る舞いをする。まるで友達カップルみたいだなーって思っていたんだけど、すごい、素敵だ。

「ふふっ、それになんと、お腹《なか》には赤ちゃんもいるの」

「え!?」

「安定期に入ったことだし、せっかくだから安産祈願も兼ねて参拝しようかと思ってね」

「……す、すごい、おめでたですね」

とっても幸せそう。仲睦まじくて、お互いのことは何でも理解しているような、そんな強い結びつきが感じられる。

「そ、それじゃあ、なおさら張り切っておすすめを紹介しないと」

「ふふっ、ありがとっ」

赤ちゃんがどうか無事に産まれてきますように。たまたま隣に座ってきただけの人なのに、すごくすごく応援してあげたくて仕方がなかった。

それに、

――エリさんがお腹を撫《な》でている場面をみると、無性に泣きそうになったのだ。

「ちなみに明日ってお時間に余裕はありますか？」

「あ、うん。1日たっぷり回れるよね？　サトル」

「ああ、他の予定は何もないね」

そんな二人を視界の端で捉《とら》えながら、観光マップとにらめっこする。……なるほど、ふむふむ。

「じゃあ、東照宮に行った後、奥日光を回るルートがいいかもです」

ふと、その時ハルナさんが横目を向けてきたような気がした。

なに？　まるで、なにかを気にしているみたいに。私が奥日光の話題を切り出したことに反応をしたみたいに。

「その奥日光のおすすめスポットなんですけど、こことかどうでしょう」

でもでも、ここはおめでたな二人がいることだし、いったんハルナさんのことは考えない。

「まず行くべきだと思うのは、竜頭《りゅうず》ノ《の》滝《たき》です！」

「おぉ、そこ有名だよねえっ」

「日本三名瀑《めいばく》のひとつですからねー！」

ここに来たから絵を描こうと思った。この場所がなければ、絵を描かなかったかもしれない。

私という人間の発端の地だ。大事な人と一緒に訪れた。

両親と、それから――。

「この滝は何がいいって、男体山《なんたいさん》の噴火によってできた溶岩の上を210メートルにわたって流れ落ちる迫力ですよね」

「……ほ、ほう」

「幅10メートルほどの階段状の岩場を勢いよく流れる渓流爆。滝つぼ近くが大きな岩によって二分され、その様子が竜の頭に似ていることからこの名がついたともいわれています」

「……す、すごい」

「特に今！　5〜6月は赤紫色のトウゴクミツバツツジが咲き誇るおすすめの季節です。また、9月下旬ごろからは紅葉の名所として人気が高くてですね、モミジやシナノキなどに彩られた美しい景観が楽しめます」

「……うんうん」

「私、秋にも行ったことがあるんですけど、観爆台から眺める紅葉に彩られた滝つぼの眺めは最高！　さらには、竜頭ノ滝の真ん前にある茶屋で、お団子を食べながら見るのがまた格別なんです！」

「……そう、なんだ」

「風情ありますよね……。水が落ちる音を聞きながら、お茶をする。インスピレーションが沸くといいますか、私はあそこが大好きなんです。それと、なだらかな斜面を流れる竜頭ノ滝を、遊歩道から眺めながらウオーキングするのも……」

それから――。

「とまんないね」

高速で開閉されていた私の口がピタリと止まった。涼しげな声が、私の勢いを殺すかのごとく、平然と割って入ってきたのだ。

丸眼鏡の奥で細められている瞳に、どういうわけか胸がざわついてしまう。ハルナさんだ。頬杖《ほおづえ》をついたままゆったりと見据えてくる彼は、喉《のど》の奥で小さく笑っていた。

「初対面なのにいきなりオタ知識披露されたら驚くって、普通」

「オタって……！」

「……ですよね？」

しかもあろうことか貶《けな》してくるし。「ていうかハルナさん、また勝手にイチゴオレ飲まないでください！」と突っかかる私に、「ストロー噛《か》むのやめたらいいよ」と憎まれ口を叩《たた》くハルナさん。相変わらずなれなれしくて、ふざけた人だ。せっかく素敵な雰囲気だったのに、邪魔をしないでほしい。

ため息をついたその時、ふとハルナさんの視線がエリさんとサトルさんへ移った。

……ガタンゴトン。

「……ヨ、……」

「……」

エリさんもサトルさんもハルナさんのことを無言で見つめ、開きかけていた口を閉ざし、また開く。

「いやいや、ありがたいよ！　めっちゃ助かった！」

「竜頭ノ滝、ね……絶対行く！」とにこやかな笑みを見せるエリさんの正面で、サトルさんは所在なさそうにペットボトルのふたを開けていた。

「ぜひ！　ご迷惑じゃなくてよかったです」

「迷惑とかないよ！　お茶屋さんいきたくなっちゃった。滝見ながらとかなんかいいよね」

「そうなんです！　あそこは本当にいい場所なんです。こしあんのお団子が私は好きで……」

ぶっちゃけ、一皿では足りないと思う。みたらしも餡《あん》こもどっちも食べたい派だ。

「滝を見てるよりも、団子食べてる時間の方が多いくらいだよね、実際」

だけど、ハルナさんは相変わらず飄々《ひょうひょう》と口を挟む。会話に入ってくるのか、入ってこないのか一体どっちなんだ。

幸せな気分に浸っている私に構うことなく、しれっとした顔のまま分かったような口をきいてきた。

「適当なことを言わないでください」

「適当じゃないよーん」

「適当でしょ！　もし仮に私が滝よりもお団子に夢中になっているのだとしても、なんであなたがそんなことを知ってるんですかって話です」

「だって俺《おれ》はいろはのことなら何でも知ってるからねー」

「またそれ……」

丸眼鏡をクイと正すハルナさん。ポリポリと首をかく。伸びきった襟元。そこから垣《かい》間《ま》見える彼のだらしなさを強調させる。

「――ふざけないで。知ってるわけ……ないでしょ」

ガタンゴトン……。

少しだけ、空気が湿っぽくなったことに私は気づかないふりをした。エリさんもサトルさんもこの場に配慮してくれたのか、または何かを察してくれたのか、何も聞いてこなかった。

　気まずくなってハルナさんの顔を見ることができない。

　いや、こんな変な人を気遣う必要なんてない。これ以上話しかけないで！と突っぱねてしまえばいいんだ。それなのに、彼を完全に拒絶することはできなくて、ハルナさんはいったい何者なのか……という考えがよぎってしまう。

　すぐそこに何かが引っかかってはいるんだ。

　木の枝に風船が引っかかってしまって、ジャンプしても指は空を切る。取れそうで取れない、あの感覚にひどく似ている。

「ほ……、ほかにおすすめなところある？」

　そんな時、空気を変えるみたいにえくぼをつくった明るい笑顔が向けられた。エリさんだ。盛り下がってしまった場に気をきかせてくれたのだ。

「あ、えと……、疲れてなかったらですけど、戦場ヶ原をハイキングしたりするのもいいと思いますよ！」

「うんうん」

　エリさんと話しているあいだに正面を盗み見てみると、ハルナさんはもうすでに車窓の世界の中に戻ってしまっていた。一方的に気がかりにさせておいて、肝心なところで私の手をかわしてしまうんじゃないか。

「湿原の中を木道に沿って散策できるんですよ」

「湿原かあ、アクティブでいいねえ」

「白樺《シラカバ》の木とか、季節折々の植物が見られますし、ああそうだ！　ワタスゲやホザキシモツケが見頃になる6月中旬〜8月上旬は、とってもきれいなんですよ」

「本当？　今じゃない！」

「はい！　写真とか好きですか？　バックには男体山があってめちゃめちゃ絵になるんですよ！　変化に富んだ壮大な自然を体感できますし、感性が刺激されます」

　続けてエリさんにおすすめしたのは戦場ヶ原だった。

　戦場ヶ原は栃木県日光市の日光国立公園内にある高層湿原。湿原であり、かつ標高も約1，400メートルと高いことから木々がほとんど生えていない。だから非常に眺めが良いんだ。

　なんでも、中禅寺湖をめぐって男体山の神と、赤城山の神が争った〝戦場〟だった、という神話が名前の由来といわれるこの地。かつて湖であったものが湿原化したもので、400ヘクタールの広大な面積を誇るらしい。湿原をぐるりと囲むように自然研究路が整備されていて、ハイシーズンには多くのハイキング客で賑《にぎ》わっている。

「木道はしっかり整備されていますし、歩きやすいので安心です」

「お弁当とか食べたら楽しそうね！」

「そうですね！　よく私もピクニックしてました。ああいうところで食べるお弁当って普段より何倍もおいしく感じますよね……」

「分かる！　遠足思い出すなあ」

　涼しい風が肌に当たる。草木の匂いを思い出す。あの場所に、どんなシチュエーションで、いつ、誰と。――……誰と、訪れて。

「おお、ハイキングデートにもいいって書いてある！」

「……え？」

――……ハッとした。ドクリとした。

　エリさんは、サトルさんと行くのに最適だという意味で、観光マップに反応を示していた。

　ただそれだけ。それなのになんで今、胸がざわついたのか。自分でも分からない。違和感だけが残った。

　ハイキング……？

「ねえねえ、気になること、ひとつ聞いてもいいかな？」

私は無意識にこの話題を避けていたのかもしれない。

「私、恋バナが好きでね。サトルとは学生時代からの付き合いなんだけど、いろはちゃんは好きな子とかはいないの？」

〝彼氏〟いないの？　ではなかった。エリさんは〝好きな人〟を聞いてきた。

居心地の悪い、変な風が胸を撫でてくる。ゆらゆらと浮かんできたのは１年前の出来事。高校２年の頃を思い出していた。

＊

高校２年は大成の年だった。小さい頃から続けてきたものがやっと実った年。

その頃の私は、憧《あこが》れの高校生国際美術展で受賞、願わくば内閣総理大臣賞獲得を目指して本腰を入れていた。放課後になると真っ先に美術室に駆け込んでいったし、これっていうアイデアが湧かない時には芝生に座ってグラウンドを眺めていた。

運動部のランニングの掛け声が聞こえる。野球部、ソフト部、サッカー部、テニス部、それから……陸上部の練習風景に目をやって、さらにたった一人の男子部員にフォーカスする。

私には。

私には――。

同い年の幼馴《おさなな》染《じみ》がいる。

悩んでいる時にはいつも打開策を提案してくれる人。美術部と陸上部、文化部と運動部であっても、目標に向かって頑張るという本質は変わらないって、切磋琢磨をして鼓舞しあっていた。

彼も頑張っている。私も頑張らなきゃ。

ランニングをしているはずみで上下する黒髪、流れる汗、鍛えられていて筋肉質なんだけれどどこか華奢《きゃしゃ》な体。別に見なくてもいいところまで見てしまう。校舎前の芝生の上で座っている私に気づいた彼は手を振ってくれる。心は単純だった。

私は、彼を――――……。

高校１年の冬が終わり、２年生の４月になった時には、高校生国際美術展に提出する予定の作品がほぼ完成しきっていた。６月の応募締め切りに余裕をもって間に合わせるために、１年生の頃からじっくり時間をかけて描きあげた絵は、昔からお世話になっている先生も驚くほどの出来だった。

熱い思いをぶつけ切ったはず。私の伝えたいことはこれだ。でも、当たり前だけれど何事においても伝えたい気持ちだけではうまくいきっこない。会話においてもそうなように、双方の理解があってはじめて会話が成立する。だから、審査員をはじめとして実際にこの絵を見ている人がどう感じるのかは、想像して描くしかなかったんだ。

こうしたら審査員的には高評価だろう。こうしたら差別化を図れる。大きな美術展で入賞するためにはそうすることが最善なのだと、なにかを見誤っていたのかもしれない。

――絵の本質はもっとリアルな場所にあったんだ。

きっかけは、高校２年の４月半ばだった。

「俺、もう走れなくなっちゃったんだよね」

幼馴染の突然の告白が、私に大きな衝撃を与えた。

彼は短距離走の主力選手だった。小さい頃から追いかけっこでは絶対に勝てなかったし、小学生の頃の運動会なんていつもリレーのアンカーを任されていた。颯爽《さっそう》と駆け抜けるその姿は、誰よりもイキイキとしていてカッコよかった。

ゴールテープを切る、その先の景色。それがたまらなく気持ちいいのだという。私は勇気をもらっていた。彼が走るから、私も筆を握る。ずっとそうだったんだ。

中学時代からめきめきと頭角を現していた彼は、県大会３位入賞、高校１年としては異例である輝かしい成績を残していた。ある時、どうしてそんなに頑張れるのかを聞いたことがある。彼は少し考えてから、ヘラリと笑って答えてくれた。

「ただ、楽しくて仕方がないからかな」

人が喜んでくれるからだとか、それももちろんあるし他にもいろいろ理由があるけど、一番は本人が楽しんでいるかどうかが重要なんじゃないかな、とも言っていた。

彼はトラックのラインを駆け抜ける、あの感覚が、何にも代えがたいほど好きなのだ。それは誰よりも私がよく分かっていた。小さい頃から走ってばかりいた彼は、私と同じように練習馬鹿で、絶対にインターハイに行くんだっていつも言っていた。4月の半ばなんて、陸上の春大会の大事な時期だということも理解していたから、なおさら。

「走れないんだって、さ」

「……そんなことっ」

「走れないんだっ……」

「……っ、――……!!」

「もう、俺はっ……俺はっ」

彼は感情を押しこらえるように震えていた。いつも明るく前向きであった彼が、まるで泣いているみたいだった。

走れないってどういうこと？　そんなことないよって声をかけた。けれど、彼は項垂《うなだ》れるのだ。

ゴールテープがもう切れない。ライン上を駆け抜けることができない。彼が一番輝いていた場所にもう立つことができない。

その事実は私の胸にひどく突き刺さった。放課後、グラウンドに向かうと陸上部のランニング風景に彼は混ざってはいなかった。彼は４月の半ばに陸上部を辞めた。

昇降口付近でグラウンドを眺めている彼の姿は痛々しかった。切なげに背を向けて歩く彼に何かしてあげられないだろうかと思った。だから私は美術展に出品する作品を急《きゅう》遽《きょ》変更することを決めたんだ。

６月の上旬が提出締め切りだというのに、この時期のリスタートは無謀だと言われた。

違うんだ。私がやりたいことは、私が描いたものを見た人が明日頑張ろうと思えるような、心の支えになれる作品をつくること。名の知れた美術展で受賞することは、〝たくさんの人に〟見てもらえる機会が得られる、ただそれだけに過ぎなかった。

私は、もっと本当の意味で人を鼓舞したい。人の生きる糧になりたい。そう思って絵をはじめたのだから。

人生の中でつきものになる挫折《ざせつ》の壁。それを乗り越えるために力になりたい。審査員がどう思うのかなんて関係ない。自分の思いと彼の思いをありったけ、キャンバスにのせたい。

大衆のためよりもまず、なによりも大事な人のための絵描きでありたい。

――それから3か月半後。8月。

蟬《セミ》の鳴き声がそこら中犇《ひし》めき合っている真夏日。東京・六本木にある国立新美術館は多くの人で賑わっていた。

【内閣総理大臣賞】

そのコーナーに堂々と展示されている作品を見て、かつて夢を諦めた少年は、体を震わせて泣き崩れる。

そこには、真っ白なゴールテープ。それを境にした輝かしい頂きの景色。グラウンドの上を力強く踏みしめる少年の足首には今にも飛び立てそうな――翼が生えていた。二度と走れなくなった、たった一人の少年に捧げるために描いた作品だった。

【タイトル：朽ちない翼】

どこまでも羽ばたける。もう一度、コース上を駆け抜けている自分を思い出してほしかった。

いつだって輝いていた。そんな姿に私は何度も勇気づけられた。

昔も、今も、そして未来も、それはきっと変わらない。彼の足に生えた希望の翼は、どこまでも、どこへだって連れていってくれるから。

だから、元気を出して。負けないで。——……負けないで。

隣を見ると、彼は膝をついて静かに涙を流していた。

「本当に、ありがとう……——いろは」

ありがとう、ありがとう、うわ言のように何度も呟《つぶや》く。

私は彼を救えたんだ。彼に希望を与えられたんだ。なによりも大事な存在に、想いが届いた。

高校2年。それは、私の本当の夢が叶《かな》った年だった。

彼は——私の初恋の相手は、心からの言葉をくれたのだ。

＊

「好きな人……、というか、もっと深く繋《つな》がりたい人が、います」

過去の記憶から現在に戻る。

ボックス席にはエリさんとサトルさん、ハルナさんが座っていた。

「彼は走ることが大好きでした。インターハイに行くんだって、夏の日も、冬の日も、雨の日も、風の日も、毎日走り込んで頑張っている姿がとても魅力的だった」

「……」

「すっごいんですよ。私、1回だけ大会を見に行ったことがあるんですけど、ぶっちぎりで速いんです。他の選手なんて絶対に追い付かない。競技場で表彰される彼は、かっこよかった」

エリさんとサトルさんは黙って私の話を聞いていた。一方で、ハルナさんはいたっていつも通りに車窓を眺めているだけだ。

「――……でも、彼、途中から走れなくなっちゃったんです。大好きなことができなくなった。あんなに努力をしていたのに、夢を追うことすらできなくなってしまった。突きつけられた現実はあまりに残酷で、私は、なんて声をかけてあげればいいか分からなかった」

「……」

「だから、私は、私にしかできないことをしてあげようって、絵を描いたんです。キャンパスいっぱいに彼の夢をのせた。終わらないよって伝えたくて。私の中の彼はいつも走ってるよって。この先もずっと羽ばたき続けるからって」

「……」

作品は結果的には審査員に評価をしてもらえたけど、なんていうか、彼の心を救うことの方が大事だった。

「彼、絵を見ながら泣いてたんです。どれだけ辛《つら》かったか。好きなことができないってほんとうに辛い。だから……、だから、ってあれ、なんで、おかしいな、なんで……泣いてるんだろ」

　赤ちゃんもできて、これから幸せな生活が待っている二人の前で雰囲気を壊してる。なのに無意識に涙が流れてきた。悲しいわけじゃないのに流れてくる。

「なんか、ほんと、すいません。もっと楽しい話ができればよかったんですけど……」

　へらりと笑って拭うけど、またポロポロ落ちてくるから困った。

　同情も混じっているのだろう。切なげで、悲しげで、なんとも言えない表情を浮かべているエリさん。ああやっぱり。気遣いをさせてしまっている。

「きっと、その子はすごく救われたよ」

「……そうですかね」

「そうだよ。その子とっても辛かったと思う。やりたいことができなくなるのってさ、悔しくて、虚《むな》しくて、挙げ句には自分に腹が立って……ほんとうに……ほんとうに、しんどいんだよ」

不規則に揺れる車内で、エリさんの声は物寂しそうに聞こえた。ハルナさんは依然として聞いているのか聞いていないのか判別できない態度で田んぼ風景を眺めている。

「私もソフトやってたからさ、分かるんだ。ピッチャーだったんだけどね、私も大事な大会の前で肩壊しちゃった時があって。どうしても大会に出たくてさ、痛みを堪《こら》えて投げてたら、ある時激痛が走って肩が上がらなくなっちゃったんだ」

　エリさんは昔を思い出しながら学生時代の話をしてくれる。

「ドクターストップがかかって、私は大会のレギュラーメンバーから外された。練習もしばらく休んだ方がいいって言われて、私はマウンドから降りたんだ」

「……」

「悔しかった。マウンドに立ちたくて死ぬほど練習をしたのに、一瞬で叶わなくなってしまった。そこには私じゃない代わりの子が立ってる。絶望も、もちろんしたよ」

「でも」と困ったように笑って私を見下ろしてくるエリさん。昔を懐かしんでいるのか、そのまま目を細めてつり革広告を眺める。

「決定的な違いは、私の場合はずっと投げられないんじゃなかった。安静にしていたら復帰できるの。休むべきときにちゃんと休むことができたら、私はこの先の何年何十年、幾らでも投げられる。これが、いろはちゃんの話に出てきた男の子と決定的に違うこと」

「……」

「私には分かるんだ。〝二度と〟って言葉がどれほど酷薄か。想像も絶する辛さだったと思う」

　接している期間が長ければ長いほど。注ぐ熱が高くなればなるほど。一生懸命頑張ってきた人にとって、それを突如として取り上げられるのは、生きる意味を失うのと同じことなのかもしれない。

　彼は、失意の中にいた。きっと、辛い――なんていう安っぽい言葉ではまとめられない。

　私が描いた絵は、彼に希望を与えることができたのかな。

　ありがとうと言って泣いていた彼は……今、どうしているのかな。

「頑張れって言うのは簡単だよ。だけどそれって相手からすればかえって絶望を深めるだけの言葉なのかもしれない」

「……」

「労いの言葉もいらない。ふざけんな。こっちの気持ちも分かってないくせに。なんで私なの？　って思ったことあったし。……でも、それでも、心のどっかでは行き場のない気持ちを誰かに掬《すく》い上げてもらいたかった」

途中から声が震えているなと思った。ポタ、ポタ……と、エリさんは話を続けながらも――……静かに泣いていたんだ。

「走り、たい。最後まで、きっと……やり抜きたかった。だって、それが自分だもん。自分を形成してきた、大事なものが……なくなっちゃうんだよ」

「……エリさん」

「同情なんて……彼にはいらなかった。いろはちゃんの絵だけが、ストレートに彼の心に訴え、かけてきたんだよ。彼に希望を与えてくれたんだよ」

なんであなたが泣くのだろう。また、私の前で人が泣いている。

気持ちが錯綜《さくそう》する中で私は返す言葉がなくただ呆然《ぼうぜん》としていた。

そして、涙の粒を落とす彼女にハンカチを差し出しているのはサトルさんだった。

「お前が泣くな」そう付け足したサトルさんも、目頭を摘《つま》んで上を向いていることに私は気づいていた。

ガタンガタン……、体が左右に揺れる。エリさんは最後には微笑《ほほえ》んでくれたけれど、なんだかまた湿っぽい空気になってしまった。

日光好きなおじさんに、お孫さんを連れたおばあさんに、子を授かりたての新婚夫婦。

たった1時間弱の短時間で、たくさんの人に出会った。そして少しずつ——私は大事なものを見つけていく。

『まもなく〜明神《みょうじん》〜明神です』

空っぽになっていた人生は、思い起こせば色濃いものだった。ハルナさんはどうせまた興味なさそうに外の景色でも見ているのだろうと思った。けれど、

「……っ」

不覚にもどきりと胸を鳴った。彼は私をまっすぐ見つめていたのだ。

ジッ……と、もさっとした黒髪の隙間《すきま》からなにも言わずにただ視線を合わせてくるだけ。彼の考えていることはまるで分からない。

ふざけてちょっかいを出してくると思えば、うわの空とばかりに車窓を眺めていることもある。その二面性が私をより混乱させるんだ。

次から次へと乗車する人たちと、私。会話をすることによって感化され、私の胸の中にあった熱を取り戻した。

そんな非日常の旅の中、ハルナさんはただそこに座っている。まるでこの場を見届けているみたいに
——なんで、あなたはそこにいるの？

「あっ！　明神！　次降りなくちゃだ」

いつのまにか次は明神駅のところまで来てしまっていたらしい。北鹿沼《きたかぬま》駅、板荷《いたが》駅、下小代《しもごしろ》駅を停車、通過した先にある明神駅は、一つ前の下小代駅から日光市内に入る。

この二人ともっと話をしていたかった。十数分間だけの付き合いであるのに、妙な名残惜しさを感じた。

「おすすめの場所、明日絶対行くからね！」

「あっ、はい！　ぜひ！　赤ちゃんが無事に生まれること、祈ってます！」

「ハハ、ありがとう。ほんとうのことを言うとね？　はじめてのことで結構不安だったんだ。でも、いろはちゃんの顔をみて勇気をもらったよ」

「私の……？」

「会えてよかった。いろはちゃんと話せてよかった。きっと元気な子を産むからね。それで、その時には……」

「エリ」お腹を撫でるエリさんは優しい笑みで私を見ていたのだけれど、そこでサトルさんの声がかかった。なんだろう？　と疑問に思ったけど、エリさんは「とにかく、頑張るね！」といつも通りのえくぼをつくった。

結婚して、子供を授かって、幸せそうにしているエリさんを見ることが、自分のことのようにすごく嬉しい。ただボックス席で一緒になっただけなのに。

ガタン。ガタン。……徐々に電車が減速していく。

「ねえ、最後にさ、いろはちゃんにどうしても伝えたいことがあるの」

「……え？」

駅のホームの端が見えてきた頃、唐突に口を開いたのはエリさんだった。

「彼を支えたい。助けたい。勇気を与えたいと思った気持ちを、一瞬たりとも忘れちゃいけないよ」

「……」

「絶対に、その時の気持ちは忘れないでね」

相対式ホーム2面2線を有する地上駅。かかっている跨線橋《こせんきょう》。無機質な出入り口がチラリと見える。

『明神〜明神〜』

完全に電車が停車した時、エリさんは立ち上がった振り向きざま、またひとつえくぼをつくった。

「彼を鼓舞したくらいの強い心でいつだってドシンと構える、そんな——」

プシュー……、扉が開く。

「〝いろは〟でいてね」

少し涼しい外気が車内に流れてきた。

「残りの旅、応援してるよ」

最後に私を呼び捨てにしたエリさんはそれだけを残して、サトルさんとともに降車していったんだ。

（5）明神
東武日光

Myojin → Tobu-nikko

プシュー……、扉が閉まる。先ほどまで4人で座っていたボックス席は、私とハルナさんだけの2人になった。

再び発車する拍子に車内がゆったりと揺れた。依然として旅行感が漂いつつも、私たちが腰を下ろしているボックス席だけは2、3度ほど温度が下がっているように思える。

それに、降車する寸前のエリさんの言葉が引っかかっていた。良い旅を、ってそのくらいのニュアンス。だから特に気にすることもないのかもしれないのに、ざわざわと胸の中を不透明にさせる。

「あと3駅で東武《とうぶ》日光《にっこう》駅だね」

そんな中、正面に座っていたハルナさんが窓の外から私へと視線を向けた。くせっ毛ぎみな黒髪を目が隠れるまで伸ばし、その隙間《すきま》から覗《のぞ》く丸眼鏡は相変わらずアンニュイさがあった。

はじめて会った時の間の抜けた態度はもうなかった。レンズ越しの黒い瞳がなにか覚悟決めるような。しかし、少しだけ不安げに揺れている。年相応の大人の雰囲気が垣間《かいま》見えた。彼の視線は、確かに私を捉えていた。

「1時間5分。長いようであっという間だったなあ」

「……なんですか。変にしみじみとしないでください」

「酷なこと言わないでよ。俺《おれ》なりに噛《か》み締めてるんだからさー」

くたびれた襟元。そこから見えるくっきりとした鎖骨から、彼がどれだけ華奢《きゃしゃ》なのかが分かる。カットソーから出ている手首も、女の人といい勝負ができそうなくらいの太さだった。デニムパンツは一体何インチを穿《は》いているのか、女子よりも極細だ。

「いろはさ……高校2年の時、〝なんの絵〟を描いたか言える？」

「……馬鹿にしてるんですか？」

「いいから」

だから、なんなんだこの人。

「……〝朽ちない翼〟。足首から羽が生えている男の子が、ゴールテープを切る絵……ですけど、それがなんですか？」

なんでもう一回聞いてきた？ ついさっきエリさんに話していたところじゃない。

怪訝《けげん》そうに眉《まゆ》を顰《ひそ》める私に、ハルナさんは一度唇を結んでから意味ありげに息を吐く。

込み上げる思いを我慢しきれないばかりに微笑《ほほえ》んだ。

「待ってた。ずっとこの時を」

「え？」

「もうそこまで来てるんだね」

あと約15分。明神駅の先、下今市《しもいまいち》駅、上今市《かみいまいち》駅を通過すると終点、東武日光駅に到着する。

もともと、なんとなく学校をサボって乗った電車だった。日常から分離したちょっとした非日常は、気づかなかったことに気づかせてくれる機会であり、人間が成長してゆくのにかかせない。

新大平下駅のホームで立っていた私は、どこか無気力で薄っぺらだった。なんでそんなに空っぽだったのか、考えても——分からないくらいに。

「いろは」

「……」

ガタン、ゴトン……。〝東武日光行き〟の電車は最終目的地に向けて突き進むけれど、果たしてハルナさんはどこに向かっているのだろう。

ただ一つ分かることは、これは、ただ終点に向かうための電車ではないということだ。

日光に向かうのとは別の意味で、もしかしたら私も、行き先の分からない電車に乗っているのかもしれない。

「人間はすごく脆《もろ》い。どれだけ頑張れる、って言っていたとしても、それには限度がある。死ぬほど嫌なことがあったら忘れたいと思うのは当然のことだし、どんなに強い人でも逃げ出したくなるときがある」

「……」

「どうすればよかったのかと何度も考えた。どうすれば……彼女は泣かずに済んだのか、とずっとずっと考えてた」

「……え？」

「果てしない勇気を貰《もら》った俺が、今度は彼女の心を打ち砕いて――、殺してしまったんだ」

……ヒュウ、と胸に冷たい風が吹き付ける。

初対面からなんの躊躇《ためら》いもなく〝いろは〟と呼んでくるハルナさん。彼は私を知っているのに、私は彼のことを何も知らない。

ドクン、ドクン、血が騒ぐのはどうしてなのだろう。

「ねえ、いろは」

「……」

「最後に日光に行ったのって、本当に5月？」

な、なにが言いたいの。止まない胸騒ぎと、強張《こわば》る体。丸眼鏡を一度正したハルナさんは、私の心の中を深く探るような目つきで私に問いかけた。

「だから、さっきから先月に行ったって……」

「違うよ」

ハルナさんは真剣だった。そんな彼の瞳から逃げるように視線を逸《そ》らすけれども、胸の内に感じる違和感はとれなかった。

「最後に日光に行ったのは——〝今日〟だ」

聞き間違いなんかじゃない。途端に全身が冷え切る。小刻みに震えだす。足先から頭のてっぺんまで得体の知れない異物が、ドバッと流れこんでくるように。ストッパーが外れ、気づかないようにと無意識にふたをしていたものがジワジワと溢《あふ》れ出す。

「今日……？　なにを言っているのか、意味が分からな……」

これから行くんじゃなくて？　また突拍子もないことを口にしているのだろうと、疑いの目を向けたけれど、ハルナさんは冗談を言っているようには思えなかった。

「ゴールデンウィークなのに観光客が少なかったって、可笑《おか》しいと思わない？」

「違う」

「いろはは、ひと月前の5月に行ったのだと思い込んでいるだけなんだよ」

「……違うっ！」

「じゃあ、確かめてみて。さっきから君が大切そうに持っているその日記を開くんだ。日光に行った——なんて、5月のページには一言も書いてないはずだから」

——ドクン。

——ドクン。

こんなの、別に信じる必要もない。耳を貸すようなものでもない。

それなのに、私の中の私が日記を読め、と言ってくる。使いはじめてから2カ月しか経《た》っていないはずなのに、すでにボロボロにくたびれている日記。4月のページの上部には、何度もめくったあとがある。

〝開け〟

〝開け〟

ハルナさんは動じることなく、私の様子を窺《うかが》っている。言われるままに、ハゲ頭のおじさんのらくがきがされている4月のページをめくって目を見開いた。

ゴールデンウィークの欄には、宮城県にある父方の祖父母の家に遊びに行ったことが書いてあった。

――なんで。私は、ちゃんと5月に。

私をかろうじて支えていたなにかが崩れ落ちる。足がすくむ。息がままならない。頭が痛い。背筋に寒気がはしった。

同時に、ひどく哀《かな》しい感情に呑《の》まれそうになったのはどうしてだろう。

ハルナさんの言うとおり、この月には日光になんて行っていなかった。

「いろはは無意識に〝それ〟を避けたんだ」

「な、んで」

「違う日に行ったと置き換えることでガードを張って、保身した」

「なに言ってんのか全然分からな――」

……ハラリ。その時、5月の次のページから1枚の紙が手元に落ちてくる。

「……嘘《うそ》」

なんで。どうなってるの。

――２０１４年６月７日。

きちんと今日の日付が記載されているそれを見て目を見開いた。

手帳の6月のページには、まだ訪れていないはずの東照宮の参拝券が挟んであった。

「いろはは〝今日〟、この日に日光に訪れた」

「……違う」

「そして大事なものをあの場所に——置いてきたんだ」

これはなにかの見間違い。夢でも見ているんだ。これから行くはずの場所に、もう既に行っていただなんてあるはずない。私は今電車に乗ってるんだよ？　今もこうやって〝東武日光行き〟に……。

『東武鉄道をご利用いただき、誠にありがとうございます。日光・鬼怒川方面において快適性・速達性・利便性の高い特急列車を増発することに伴い、東武鉄道は——２０１7年2月28日……次回のダイヤ改正で浅草〜東武日光間などの区間を走る快速および区間快速列車を廃止し——』

今まで右から左に受け流していた車内アナウンスが何度も頭の中で復唱された。電撃が走った。哀しい、哀しい、と私の中の異物が悲鳴をあげる。それは途切れ途切れに聞こえるノイズのように、私の思考を侵しにかかった。

かろうじて成立していた虚構が崩れ落ち、私とはなんであるかが暴かれる。

いや、やめて。やめて——。

『代替として、南栗橋《みなみくりはし》〜東武日光と一部、新藤原《しんふじわら》間に急行および区間急行列車が新設され――２０１７年4月21日に、東武鉄道の東武スカイツリーライン（伊勢崎線）、日光線、鬼怒川線などで特急〝リバティ〟の導入を中心としたダイヤ改正が実施されました』

足元に潜んでいる地雷が思い切り爆発した感覚。別に泣こうと思っているわけじゃないのに、自然と頰《ほお》に伝ってゆくのは湿った液体だった。

〝ごめんなさいっ〟

〝ごめんなさい……〟

声が聞こえる。さっきから〝誰〟が、〝何〟に、謝っているのだろう。

正体不明の声に、どうしてこんなに哀しくなるのだろう。

中身がなく、何に対してもやる気が起こらない、まるきり退屈な日常の正体が徐々に明らかになっていくのが、ただ怖かった。

――スペーシアだけでなく、変わったボディーをした特急列車が停車していたこと。

――ダイヤ改正。

――浅草行きの快速電車が廃止され、南栗橋までの急行電車が代用されていたこと。

通学で毎日東武日光線を使っている私が知らないのは可笑しい。改札前の掲示板やアナウンス、ニュースなど、ましてやダイヤ改正なんて……目や耳に触れないことはないはずだった。じゃあ、私は気づかなかったのではなく……もともと知らなかった？

「あの日の東照宮の陽明門はいろはが言ったように、確かに大修理中で豪華絢爛な姿は拝むことができなかった」

　やっぱり私をおちょくってるだけ？　大掛かりなドッキリ？

　でも、ただ一人、ここに証人がいた。心拍数が上昇の一途をたどる中で、ハルナさんはこの現実が真の現実であると証明するように口を開く。

「２０１３年から行われた6年がかりの大修理は、予定より2年早い２０１７年3月10日に終了したんだ。よみがえった至宝が一般公開されたことは、ちまたではニュースになった」

「そ、んな」

　最初に乗車して来たおじさんと交わした会話を思い出す。確かに6年かかることは知っていた。

　先月の5月に訪れた時は完成の見込みなんてゼロだったはずの陽明門。これはまだまだ時間がかかると思っていたのに、１カ月後の今日には修理が完了しているだなんて、思えば変な話だった。

　それがまさか、修理が終わったのは〝２０１７年〟の3月だったなんて、

「そんなのは……」

　知らなかった。

「いろは、かなり残念がってたよね。陽明門っていったら東照宮の目玉なのにって」

「……な、」

「しょうがないからおとなしく三猿のおみくじを引いたんだけど、末吉でさ。微妙……って嘆いてた」

「な、んでそれを」

……２０１７年？

　なにがどうなってる？　まさか、タイムスリップだなんて非現実的なことが本当に起こっている？　そうだとすればなんでハルナさんは、当時のことをそんなに詳しく知っているの？　なんで。だって……。

「単純なことだよ」

　その日は――。

「――３年前の今日。俺といろはは、一緒に日光に行ったんだ」

「……うっ」

　ハルナさんの声が何重にも聞こえる。突如として、酷《ひど》い頭痛が襲ってきた。

２０１７年？　なんでハルナさんが？

私はあなたなんて知らない。知らない。知らない。知らない……!!　こんなの受け入れたくない。こうして突きつけられた真実は、私に牙《きば》を向けているようだった。そして頭の中をかち割り、濁流のように流れてくるのは――〝記憶〟だ。

どこに隠してあったのだろうというほどに膨大な量の〝記憶〟。

〝俺を見てっ……〟

〝ごめん、なさいっ……〟

〝俺だよっ……〟

渦巻く記憶の濁流の中は、胸がギュウギュウにつぶされてしまうくらいにひどく哀しく、切ない。

一筋の光の線が私の正面へと伸びてくる。

その光に縋《すが》るように、先の先へと光源を摑《つか》むようにして手を伸ばした。

「……ヨー、タっ……」

同時に浮かび上がる男性像。その名前をどうして、今の今まで一度たりとも口にしなかったのだろう。

――私は、なによりも大切なあの人との記憶を必死に手繰り寄せた。

「ただいまーっ！」

靴を脱ぐ。体よりも大きいランドセルを背負っている小学校低学年の私は、しばらく玄関に突っ立った。学校から帰っても〝おかえり〟と言ってくれる人はいない。だけど、私は寂しくなかった。

電気一つついていなくたって。家の中がシン…と静まりかえっていたって。どこかの家で楽しげにテレビを見ている団欒《だんらん》の声が聞こえてきたって。

平気だったのは、

「いろはっ！」

幼馴染《おさななじみ》のヨータが遊びに来てくれるからだ。

ヨータは私と同い年の男の子。親同士が仲が良くて小さい頃《ころ》から一緒にいた。

「いろは！　追いかけっこしよ！」

「えー！　今日はお絵かきの日ぃ」

「ねえ、追いかけっこしよーよ！」

「だからぁ、お絵かきの日なの。しかも追いかけっこって２人でやって楽しいの？」

「もちろん。俺がいろはを追いかけて、捕まえる！　ほら楽しい！」

「ヨータは足速いもんね。すーぐ捕まっちゃうんだ」

「へへっ、気持ちいいんだー、走るのって。風がビューンって！　それにいろはもスゴイって言ってくれるしね」

彼は、事あるごとに追いかけっこをしようと誘ってくる天真爛漫《らんまん》な少年だった。運動会のかけっこではいつも一等賞をとっているし、休み時間にみんなで遊ぶ時なんてそれこそ大活躍をするくらいに。

「おとーさん！　あのねあのねヨータがね！」

お父さんが帰ってくると、決まって口にするのは幼馴染のヨータの話だった。

「なんだ、いろははお父さんよりヨータくんの方が好きみたいだね」

「そ、そんなことない。二人とも同じくらいだよ！」

お父さんはつれない顔をしつつも頭を撫《な》でてくれる。

……だって、ヨータは私の憧《あこが》れだったんだ。ヨータのように、なにかに秀でている人間でありたい。だから私もお絵かきを頑張りたいと思っていた。

「ユキねぇ、この前パパとママとサイパン行ったのぉ！」

そして——時は、夏休み明けの学校に移る。始業式が終わって下校の時間になると、クラスのお友達が集まって話しているのを、私はよく居座るだけ居座ってただ聞いていた。

「いろはちゃんはぁ？」

だから、話題が私に振られるのもよくあることで。

「にっこう！」

「にっこぉ～？　それどこぉ？」

「とちぎ！」

「えっ、とちぎけん？」

自信満々に答えたのに、返ってきたのはショボいと思っていることが丸分かりな反応だった。それが気に入らなくて少しだけムッとしながら、私はランドセルを背負って〝バイバイ〟をする。

家に帰っても父も母もいなかった。寂しさがないといえば嘘になるけれど、父も母もお仕事をしているって私は分かっていた。へっちゃらだ。大丈夫。あっと驚く絵を描いて、びっくりさせちゃうんだから。

「だったらさ、にっこうを描けばいいんじゃない？」

それから、この提案をしてくれたのも幼馴染のヨータだった。

頑張っている両親のために何かがしたい。恩返しがしたい。せっかくの一人の時間なんだから何かできないかな、と思案していた時に、ヨータはこのアイデアをくれた。日光の風景を私が描くことで、両親の心が少しでも安らげばいい。旅をしている気分を味わうことで、疲れが癒えればいい。

私の人生と言っても過言ではない絵と、ヨータはそれほどまでに密接《みっせつ》だった。

さらに学年が上がると、クラスメートの子たちの目が肥えてくる。他者よりも自分が優れているのだと、さまざまな面で優劣をつけたがる時期。

「また描いてるの～？」

絵がうまくなりたいと思っていても、頭の中でイメージしたとおりの作品が描けなくて、当時の私はかなり気を落としていた。

「下手っぴ～」

「いろはちゃん変なの～」

「こんなの描いてなにが楽しいのぉ？」

それは奇妙なものを見るような目だった。

口角をあげ、私が描いていた絵を取り上げる彼女たちに「やめて」と身を乗り出すが、小馬鹿にしたまま返してはくれない。

軽いいじめだった。ただ両親のために頑張っていることなのに、どうしてこんなに非難されなきゃいけないんだろう、とも思って。

「あははっ！　いろはちゃん、いつも一人ぼっちで絵なんて描いてて、おっかし～」

悔しかった。私の気持ちなんて知りもしないくせに。それになにか彼女たちに迷惑をかけたかな、って。

とうとう泣きそうになる。溜《た》まっていたものが一気にはち切れる寸前みたいに。

「おい」

その時だ。教室に彼――ヨータが割り入ってきた。

「どこも可笑しくないだろ」

「ヨ、ヨータくん！」

「〝こんなの〟ってなんだよ。一生懸命描いてんのに、馬鹿にすんな！」

「……あっ、これはあのね、違うの」

「なにが違うの？　努力してる人を笑うなんて、最悪だね」

私をかばうように女の子たちとのあいだに立ち入ったヨータは、よくこうやって私をかばってくれたものだ。

「うまいじゃんね？」

女の子たちが逃げるようにして退散した後は決まって絵を褒めてくれた。彼は、私の背中をいつだって押してくれる優しい優しい王子様だった。

そして、小学校を卒業して中学生になった私は美術部に入部した。下野教育美術展ではじめて金賞をとったのもこの時で。

「もっと物事を深く考えなって、口を酸っぱくして言ってんべ？」

お世話になっている絵の先生の指導を仰ぎながら私は邁進《まいしん》していた。

大賞にはまだまだ届かなかったものの、そのほかの美術展でも私の作品がポツポツと入賞していって、壇上で表彰されることも多くなった。

「ストロー噛むようなヤツに負けてられないな」

ヨータは憎まれ口をたたきながらも私の作品の入賞を喜んでくれたし。ヨータはもちろん陸上部。その俊足は中学生レベルでも通じるらしく、やっぱりぶっちぎりで速かった。切磋琢磨して、互いを刺激しあって――。

「ヨータは？　この前の地区大会どうだったの？」

「3位入賞」

「すご！　県大会出場じゃん！　見に行きたかったなあ」

「ありがとう。でも恥ずかしいから見にこなくていいよ」

「えー、なんでー」

「なんでも。ガチなとこ、いろはには見られたくないの」

口先を啄《ついば》めているヨータはツン、と私のおでこを突っぱねた。痛……とその部分を摩《さす》る私を覗き込んでくるヨータに胸がきゅんと鳴る。

私は慌ててそれを隠した。焼けた小麦色の肌。柔軟剤の香り。一緒にいすぎて、私の生活の一部になっている男の子。

……なんだよ、もう。

中学生という時期は思春期真っ盛りだ。変にカッコつけたがる男子の気持ちは分からなかったけど、でも、それくらいヨータが陸上に全力を注いでいることが知れて、嬉しかった。

……頑張って。私も頑張るよ。

それからこっそりと県大会を見にいったのは秘密だ。カッコよかった。つい呼吸を忘れるほどに。

彗星《すいせい》のようにトラックを駆け抜けるヨータが真っ白いゴールテープを切る瞬間、私の心はグッと、掴まれた。熱気がこもる歓声。力強く地を踏みしめる足。

——やば、泣きそう。

きっとこの時には、夢に向かって一生懸命になっているあなたを好きになっていた。

そして、そのまま高校生へ。私とヨータは高校も同じところに入学することができた。成績はギリッギリ。内心かなり喜んだものだ。そんな高校2年生の4月半ばのこと。

「俺、もう走れなくなっちゃったんだよね」

幼馴染のヨータの突然の告白が、私に大きな衝撃を与えた。美術展の出品締め切りがあと2カ月を切ったあたりのころ。私はもちろん美術部に入部して、もっと大規模のコンクールに出展することで実力をつけようと思っていた。そんな時、彼の口から予想もしていない台詞《せりふ》が飛び出してきて言葉を失ってしまった。

理由は分からない。彼が嘘を言っているようにも見えなかった。

「走れないんだって、さ」

「……え？」

「もう、走れないんだよ」

「ヨータ……」

「ハハ、なんか呆気《あっけ》ないよな」

へらりとしているけれど、内心は相当きついんだろう。

ちいさい頃は追いかけっこに付き合わされた。小学生の時は徒競走なんてぶっちぎりで速かった。中高と陸上部で活躍をしていたヨータは、壇上に立っている時、本当にイキイキとしていたんだ。一度だけ見た県大会でのワンシーンが思い出されて私が泣いてしまいそうだった。

キラキラしてた。カッコよかった。……ヨータはもう、走れないの？

「走れないんだって、さ」

「……そんなことっ」

「走れないんだっ……」

「……っ、ヨータ!!」

「もう、俺はっ……俺はっ」

夢の舞台インターハイ出場はもう叶《かな》わない。彼にかける言葉は見つからなかった。

放課後、グラウンドに向かうと陸上部のランニング風景に彼は交ざってはいなかった。彼は、4月の半ばを境に陸上部を辞めた。

昇降口付近で遠巻きにしているだけの姿は痛々しかった。切なげに背を向けて歩く彼に何かあげられないだろうか、そう思わずにいられなかった私は、美術展に出品する作品を急遽変更することを決めたんだ。

そして8月、【内閣総理大臣賞】を受賞した私の作品を見て泣いていたのもヨータだった。

「いい絵を描いてもらったねえ……」

先生も私の隣で肩を震わせて泣いていた。

膝から崩れ落ち、むせび泣くヨータの背中を優しく撫でる。彼はそれから何度も〝ありがとう〟と言ってきた。

〝ありがとう〟

〝ありがとう〟

——ヨータにはこの絵がどう映ったんだろうか。

「やっぱ……」

それから、高校3年生の4月に入り、私は始業式早々遅刻した。本当に最悪だ。いつも一緒に登校しているはずのヨータがその日はどういうわけか、家のチャイムを鳴らしてこなかったんだ。つまり、ヨータが私の目覚まし係だったのに、それがないせいで私は寝坊してしまった、というなんとも身勝手な出来事。

なんで起こしてくれなかったの？　あとで文句言ってやる、なんて思ったけど、その日、ヨータは登校していなかった。

「ねえ、学校休んでたなんて知らなかったんだけど」

だから、本人に直接文句を言いに行った。ヨータの家。そこにはもちろん彼がいた。

ていうかむしろ本人が玄関に出迎えにきたくらいだし。いまだに終わりきってない春休みの課題を片付けに行くついでにって立ち寄ってみたけれど、まさか本当に家にいるだなんてちょっとビックリした。

「ごめんって、おかげで遅刻したんだもんな」

「そうだよー。てか、普通に家にいるし！」

「ちょっとね、俺もいろいろあんのよ」

「なんだそりゃ」

課題はいっこうに終わらなかった。そればかりか私は日記を開いて、今後の予定や楽しいイベントを眺めて浮き足立った。

「……って、あ！　なに描いてんの！」

けれど、隙を見るようにニュッと出てきた手を見逃さなかった。こんがりと焼けていたかつての小麦色のそれではなく、真っ白で細い手首。ヨータは私の手帳の端っこに変な落書きを描いた。

「いろはだよ。結構似てない？」

「私？」

「俺、絵心あるのかもしれない」

「ないでしょ。なにこのへろへろした絵、逆から見たらハゲたおっさんの絵にしか見えないんですけど」

「おっさん？　あ、確かに。いろは髪短いからいい具合にトリックアートになったみたい」

　ハハハ、と陽気に笑うヨータ。去年の悲し気な彼はもうどこにもいなかった。彼は私に「勇気をもらった」「夢をもう一度見させてくれてありがとう」と何度も笑顔で伝えてくれた。

　だから、私は知らなかったし、疑いもしなかった。なんでヨータが急に学校を休んだのか。そもそもなんで走れなくなったのか。しつこく聞かなかったのは、この和やかな生活がずっと続くのなら別に他はなんだってよかったんだ。

　これまで私がぶつかってきた困難なんて、ヨータに比べたらたかが知れてた。――私はひどく脆く、弱い、卑怯な人間だったんだ。

　4月の半ばには、最近はすっかりインドアになっているヨータを引っ張り出してフラワーパークを訪れた。ヨータは、部活、部活、部活、自主練、ランニング！のストイックな毎日を送っていたとは思えないくらいに外に出なくなった。

「悩みますね、いろはさん」

「うう～ん、ヨータはどれがいいと思う？」

それに、デッサンする花をどれにしようか目移りしてしまって、描きはじめるまでに1時間かかったことに呆れ笑いされたものだ。

「はやく決めなよ」

「だだだ、だって！」

それでも付き合ってくれるのだからヨータは優しい。クラスの女の子たちからも人気な彼は、誰にだって優しいのだ。小学生や中学生の頃とは違う。周りだって異性として意識した目を向け始める。だから、こういうのは幼馴染の特権。

「なんてね、嘘。俺、ここに座ってるから好きなだけ描いてきな」

ポンポン、とヨータは私の頭を撫でて微笑んだ。サラリ、と落ちてくる私の短い黒髪を丁寧に耳にかけてくれるこの人は天然スケコマシだと思う。彼の指先に全神経が向けられる。私の気持ちなんて知らないヨータは、整った顔を傾けて覗き込んでくる。

「ん、なに？」

透明感のある瞳は、光に混じっていまに消えてしまいそうで妙に切なくなった。

「……なんってもない」

やっぱり泣きそう。

――ちょっとだけでいい。彼の近くでありたい……だなんて、欲が生まれはじめた。高校3年にもなると、友達は彼氏彼女を作るようになった。ていうか、ううん。1年生や2年生の時だってそうだったのかもしれないけれど、当時の私はそんなところに目を向ける余裕がなかったのだと思う。

　だから周りの浮かれた雰囲気に意識が向いたのはこの時期。ついこの間までは部活命だったはずの友達も、このくらいの時期になって彼氏ができたらしいし、それはもうみんな頭に花が咲いていた。

「もー告っちゃえば？」

　肝心の友達は、私の気持ちなど気にもせず直球ストレートに事を運びたがる。机の上でコロコロと転がっているソフトボールに向けてため息を吐《つ》いた。

　……そりゃあそう思うよ。ヨータと彼氏彼女になれたのなら願ったり叶ったりだ。

「あ、サトル」

　――例えばこんな風に。友達の彼氏が教室に入ってきたのを確認すると、スポーツ一直線だった友達は一転して可愛い女の子になった。ベリーショートの髪を揺らして嬉しそうに近寄る姿をぼんやりと眺める。うらやましいし、心底憧れる。

「なにしてんの？」

友達の彼氏と並んで現れたヨータに声をかけられてドキリとした。相変わらず覗き込む距離が近い。特に最近、やけに彼の雰囲気が変わったせいで余計に調子が狂ってしまうんだ。こんなの、私ばっかり意識する。

「べ、別にっ」

「ふうん？」

「……って、ねえ、ちょっと髪」

「ん？」

「触りすぎ……だと思うんですけど」

……でも、もう十数年も一緒にいるんだよ？　多分、あくまでも幼馴染。私を見る目も子どもを相手にするような、そんな目。

「あー、これ？」

髪、伸ばしてるの？　と付け足したヨータはさも当然とばかりに髪に指を絡《から》ませる。

「いろはが最近、女の子っぽくなったって……クラスの男子が言うから」

答えになってない。……ヨータはどうなの。この先、私のことを女の子として見てくれる時なんて来るんだろうかって、不安にならなくもなかった。

その日の帰り道、最寄りを降りた私は、物思いに耽《ふけ》りながら自転車で漕《こ》いでいた。

カンカンカンカン。踏切の警告音が鳴ったかと思うと、ものすごい勢いで特急列車が通過した。私の髪を巻き上げて駆け抜けてゆくそれは、カラフルなボディーをした特急スペーシア。

いつも思うけれど目を引くデザインだ。きっと日光や鬼怒川に向かうのだろう列車は、私の最寄りである新大平下駅には停車しない。まだ乗ったことはないけれど、いつかは私もあれに乗車してみたいな。

そっか、日光、か。

私が絵を描き始めるきっかけになった場所。幼いヨータが両親のために日光の絵を描けばいいって勧めてくれなければ、私は今こうして筆を握っていなかったかもしれない。
〝朽ちない翼〟で内閣総理大臣賞を受賞することもなかったかもしれない。

やっぱり、このままの関係で終わりたくないな。私を一人の女の子として意識してほしい。ヨータにもっと私のことを知ってほしい。願わくばヨータの特別な女の子になりたい。そうして、この先もずっとずっと一緒にいたい。

気がつけばスマホを取り出して彼の連絡先をタップしていた。彼が家にいることを確認して、急いで自転車を走らせる。ドキドキしながらチャイムを鳴らすと、ヨータが玄関の扉を開けてくれた。

「あのね、ヨータ――……」

――この日、私はヨータを栃木県の観光名所である日光に誘った。

「日光？」

「だめ、かな？」

「そうじゃないけど、どうして急に？」

「えっと、その、なんていうか、そこに行って伝えたいことが……あるの」

「伝えたいこと……」

あまりに唐突に誘うものだから、彼は一度はキョトンとしていた。けれど、いつになくそわそわしている私の様子をジッと窺うと、唇を結んでなにやら真剣な顔をする。

「いいよ、行こう。俺もいろはに言わなくちゃいけないことがあるから」

友達の恋バナの聞きすぎか、または少女漫画の読みすぎかもしれない。ヨータも私に伝えたいことがあるの？　淡い期待を抱いてしまい、安直にもドキッとする。

「そ、それって、どんな話？」

「んー、ここでは言えないようなこと」

「なにそれ！　気になる……」

「それでいうと、俺もいろはの〝伝えたいこと〟、すげー気になってるんだけどなあー」

「なっ！　だ、だめ、まだ秘密だよ！」

　私は完全に浮かれていた。思い出の地に赴き、初恋の男の子に告白をするのだ。ただの幼馴染としてではなく、特別な男の子として見ているよ、と伝えたい。ねえ、ヨータも私と同じ気持ちでいる？　彼氏彼女になって、今よりもっと近しい存在になりたいって思ってくれているのかな。

　終始ぎこちない態度をとる私を見てクスクス笑うヨータだったけれど、ふと瞳を曇らせてどこか一点を見つめた。

「ほんと、往生際《おうじょうぎわ》が悪いな……俺って」

　ぽそり、と小さくなにかを呟《つぶや》いた。

「え？」

　……ヨータ？

　しばらく見つめると、ヨータはなんでもなかったように目を細める。

「日光、楽しみにしてる」

　その時、ヨータがほんのわずかに声を震わせていたことに私は気づかなかった。おそらく、なにかと葛藤《かっとう》していたのだろうに、私の頭の中は告白のことばかりだった。

　落ち着かない様子の私にそっと手を伸ばし、頬に触れてくるヨータ。

最近はよくヨータが私に触れてくるようになった。子どものころのようにじゃれてくるそれとは違う。まるで肌の感触を確かめるように。私という存在をその手で確かめるように触れてくる。

玄関先であるというのに、親に見られたらどうしよう……とか、気恥ずかしくもあって、

「ま、またあとで連絡するから！」

いてもたってもいられなくなって駆け出した。

まさか、幼馴染に告白する時が来ようとは思ってもみなかった。

さっきからヨータのことばかりだ。どうしよう。勢いで日光に誘ってしまったけれど、うまく気持ちを伝えることができるだろうか。その日は邪念を払うかのようにキャンバスに向き合ったものだ。

そして、いつからかヨータは、放課後にグラウンドを眺めなくなった。あんなに好きな陸上だったのだから、もちろん嫌いになったわけじゃない、ということは私が一番理解していた。

おそらくは、他にやるべきことが見つかったのだろう。美術室に向かう私に「頑張って」と声をかけてくれるヨータは、グラウンドに立ち寄ることなくまっすぐ帰路につく。

きっと、後ろ髪を引かれなくなったのだろう。

辛《つら》い境遇に置かれていたヨータは、たくましく前を向いていた。すれ違った背中から、そんな強い決意の表れが読み取れたのだ。

――来たる6月はじめ。

土曜日。

私とヨータは、〝快速〟東武日光行きに乗り込んだ。快速電車は特急料金が発生しない電車なんだけれども、普通電車と比べても停車駅が少ないからめちゃくちゃ速く目的地に到着する。

私とヨータは、幸運にも空いていたボックス席に身を滑り込ませると、さっそくお菓子と飲み物を広げた。

「イチゴオレいただき」

「あっ！　ヨータ勝手に飲むな！」

すると、ニュッと出てくる綺麗な顔。

「……甘」

だから……近いんだって。こうも至近距離で見上げられるのは、抜群の破壊力があると思う。

「ていうかまだストロー噛んでるんだ」

「……ぐっ」

「ねえ、ストロー噛む人って寂しがり屋なんだって。いろは寂しいの？　俺がいくらでもかまってあげようか？」

それに――、期待するような台詞《せりふ》を吐いてくるのは、ずるいよ。

頬をツンツンとつついてくるヨータに胸が締め付けられた。〝いくらでも〟その部分に妙に泣けてきそう。

「う、うるさい。この天パ星人」

「天パって、酷くない？　確かにこれは天パだけど」

なんだか最近は情緒不安定だ。ヨータの顔を見ると嬉しかったり、愛《いと》おしかったり、切なかったり、泣きそうになったり、感情が忙しくなる。

――私って、ヨータのことがこんなに好きなんだな。

このままずっと一緒にいたい。ずっとずっと、この人の隣にいたい。

「神橋通って東照宮は絶対でしょー？　で、その次奥日光行きたい。竜頭ノ滝と戦場ヶ原、中禅寺湖も眺めたい！」

「へえ、たくさん回るね」

「あ、駄目!?」

それから、観光マップ２０１４を開く私は俄然《がぜん》張り切っていた。

だって、久しぶりだったんだ。頻繁に親に連れていってもらってるとは言っても、最近は部活やら勉強やらでなかなか行けてなかったから。

それに今回は好きな人であるヨータと一緒なのだから余計意識する。最後には中禅寺湖畔で告白を……って、なに考えてるんだ。はずかし。緊張してきた。

「……いや、ううん。この際俺も、行けるところまで行きたいって思ってるよ」

顔を上げるとヨータは微笑を浮かべている。

甘酸っぱく、そして、哀しく、それはどことなく言葉を噛み締めている様子だったけれど、無駄にヨータを意識してしまっている当時の私にとって到底推し量れるものではなくて。

「と、とりあえず、チョ、チョコいる？」

手持ち無沙汰《ぶさた》にお菓子袋を突き出した。

「チョコ？」

「うん、いっぱい持ってきたの」

「ふーん、いいね。じゃあ貰おっかな」

「ん、どーぞ」

いけない。いけない。平常心。スゥ、ハーと深呼吸しなきゃやっていられない。ヨータが私に伝えたい内容というのも気になってしょうがなかった。

包装を解いてポイッと口に入れる。甘くて、でもちょっとビターなチョコレート。まるで恋の味、みたい。目的地にたどり着く前、まだかまだかと待ち焦がれる電車の中のソワソワ感と、恋心が届きそうで届かないじれったさは似ている。

だからこのアーモンドチョコは、ヨータと私の旅の味なのだ。ほら、特定の時期によく聴いた曲ってあったよな、みたいな感覚。これはそんな思い出の味になるような気がした。

……のに。

――ゴリ、ゴリ、ゴリ。

「えっ⁉」

忘れてた。ヨータはアーモンドチョコの食べ方をまるで理解していないんだった。

「アーモンドチョコは舐《な》めて食べるものだって言ってるじゃん」

「ん？」

　口に入れた瞬間に噛み砕きはじめるヨータを見たら、我慢ならなかった。まったく、アーモンドチョコの食べ方というものがなってない。

「チョコを溶かしてからアーモンドの香ばしさを味わうの！」

「そういえばいろはって変なこだわりあったよな」

「変ってなに」

「いーや、なんでも？」

　ヨータは適当にあしらうだけで私の意見なんて右に流してしまう。それどころか、口にアーモンドチョコを含ませたまま、一面の田んぼ風景をただぼんやりと眺めている。その姿はまるで泡沫《ほうまつ》のように見えた。なにを見てるのか、なにを思ってるのか。小さい頃からずっと一緒にいるはずのヨータの心が、この時ばかりは摑めなかった。

　東武日光駅に到着すると、どことなく昔懐《なつ》かしい町並みが広がっていた。駅前はお土産やさんで賑《にぎ》わっていて、周辺の観光スポットに向かうバスの往来も頻繁にある。

「やばい！　楽しみ！」

　一気に旅行気分だ。目的地への移動中ももちろんワクワクして好きだけれど。この、到着時に一歩を踏みしめる感覚も病みつきになるほど好きだ。

……それに、

「へえ、結構いい感じじゃん」

今回はヨータと一緒だ。

「私たちが住んでる町とはぜんぜん違うよね」

「うん、なんていうの？　空気の匂いが違うっていうか……」

「あ、分かるかも」

「パワースポットって言われてんのも頷《うなず》けるな。ありがとう、いろは。いい思い出になりそう」

すんすんと匂いを嗅《か》ぎながら、ヨータが楽しそうに笑っている。去年の今頃では想像もできなかっただろう笑顔だ。もっと見たい。ヨータにもっと喜んでほしい。もっともっと……彼と一緒にいろんな場所に行きたいな。

そして、日光の街の懐かしい景観を楽しみながら、私たちはさっそく日光東照宮に向かった。

広い参道は趣があり、訪れる者をワクワクさせる。あの有名な徳川家の家紋を見たら全身に逆毛が立った……のだけれど、

「去年からみたい」

「……そんなあ」

今日の日付が印字された参拝券を貰ってから境内へ向かって、少しだけ肩を落とす。

これも歴史的建造物を維持するために必要なことだって分かっているんだけど。豪華絢爛な陽明門は残念ながら、去年から始まった大修復の真っただ中で全貌を見ることは叶わなかった。

「6年かかるってことは、あと5年？　なっが！」

「これぱっかりは仕方がないな」

がっくりと肩を落とす私をよそに、ヨータは妥当なことを言う。陽明門は日光東照宮の目玉スポットだ。せっかく好きな人と一緒に来られたタイミングだというのに、私はついていない。

「そっか。じゃあ、修理が終わった時にまた見に来ればいっか……」

「……」

けれども、ヨータは私の呟きに反応してくることはなく、

「……ヨータ？」

「ん？　ああ……そう、だな」

ただ切なげに瞳を揺らしていたことに、私は首を傾《かし》げずにはいられなかった。

東照宮の本地堂の天井は「鳴龍《なきりゅう》」と呼ばれていて、とても有名だ。34枚のヒノキ板に描かれている、縦6メートル横15メートルの竜が天井に住んでいる。今に飛び出してきそうなド迫力に、ヨータは口をポカンと開けて見上げていた。

竜の頭の下で拍子木を打つと、「キィーン」という甲高い音が反響して聞こえる。これが、竜が鳴いているものだとされて、名前の由来となった。なにもかもが神秘的で、まるで異空間にいるようだ。ちなみに、竜の胴体や尻尾《しっぽ》の下で拍子木を鳴らしても何も聞こえないのだと、近くにいたツアーガイドさんが説明していた。

「ヨータはなにを拝んだの？」

一通り参拝を済ませた私とヨータは二人並んで参道を引き返し、その途中で何気なく彼に聞いてみた。

しっかし、あの鳴竜の存在感はすごかったなあ。外国人観光客なんて、「イッツクール！」って目を輝かせていたし。

この場所には、人の心を動かすくらいに素晴らしいものがたくさんある。訪れた人はそれらからパワーを貰うのだ。そしてその感動は、自分じゃない誰かにも伝えたくなって、見せてあげたくなって、そうやって日光という場所は、いつまでもいつまでも人々の心の支えになっている。

「それを言ったら御利益がなくなる」

「ああ、そっか」

「そーです。だからいろはのご想像にお任せします」

「想像って、私には言えないこと？　え、待って……ま、まさか」

「……ん？」

「エ、エッチなお願いごとじゃないよね？」

「なんだそれ。でもまあ、それもいっそアリかもな」

「え」

スタスタと歩き始めてしまった彼の背中をぼーっと眺めて口を結んだ。

私はね、私は……ヨータがまたいつか昔みたいに大きな夢を抱いて、それをいきいきと追いかける。そんな姿がまた見られますように、ってお願いしたよ。

囲むように生い茂っている杉の木が音を立てて揺れる。〝走る〟ことはもう叶わなくなってしまったけれど、それでもヨータにはまた別のなにかを見つけて、幸せを感じてほしいんだ。私はいくらでも支える。何年何十年って、一緒に頑張ってゆきたいと思うんだよ。

それからお昼の時間になって近くにあった小料理屋で蕎麦《そば》を食べた。その足でバスに乗り、奥日光に向かうと私の名前の由来であるいろは坂に差し掛かる。ここは運が良ければ野生の猿を見ることができるスポットなんだけれども、今回は目にかかることはできなかった。

竜頭ノ滝では茶屋でお団子を食べながら日本の風情を味わった。今後の絵の材料に、と持ってきていたカメラで写真を撮る。試しにヨータに貸してみるとブレブレだった。

「俺にはセンスがないみたい」なんて苦笑いしてすぐに返却してきたのは面白かった。

ヨータは嫌な顔をすることなく、あちこち歩き回る私のあとをついて来てくれた。

「現役の時より体力がかなり落ちたな」

梅雨のシーズンだけれども、今日は珍しく晴れた暑い日だった。張り切りすぎてノンストップで回りすぎてしまったことに気づく。汗を拭《ぬぐ》うヨータは、次に訪れた戦場ヶ原で乾いた笑いをこぼしていた。

「あ、ごめん。ベンチで休もっか！」

慌てた私にヨータは首を振った。

「いや、へーきだよ。こんなの平気だ。……ぜんぜん、大したこと、ない」

「え？　なあーに！　聞こえなかった！」

「……大したこと、ないはずだ」

「ヨータ？」

近寄って声をかけると、ヨータは眉を下げて困ったように笑った。

「ううん、なんでもない。女の子の前でカッコ悪いこと言っていられないな」

「……おっ」

女の子……！

ドキドキと胸を高鳴らせる私を置き去りにして、木道を歩くヨータ。彼は心地よい風を悠然と浴びながら、一面に広がる大湿原と堂々聳《そび》え立つ男体山《なんたいさん》を眺めていた。

何をしても絵になる男の子だと思う。このワンシーンを描きたい衝動に駆られるくらいに、彼からは惹《ひ》かれるなにかを感じる。透き通る色。遠くを見る瞳。今に空気に溶けてしまいそうなくらいに綺麗だった。

好きだよ。

大好きだよ。

家族以上にそばにいてくれた人。私を支えてくれた人。大切すぎて、壊れるのが怖いくらいに。

ヨータ。

私はね――……。

「……っ、ヨータっ……‼」

「……うん」

「ヨータっ‼」

「うん」

「っ、ヨータ……ぁぁあ！　ヨータっ」

〝東武日光行き〟の電車の中で、壊れたように涙を流す。

頭がかち割れるように痛い。ドクドクと溢れ出す記憶の濁流。

焦点が合わない瞳を大きく揺らす。さまざまな情報が絡み合い、頭の中がうまく整理しきれない。

今がいつで、ここがどこで。私とは何なのか。でも、ただ一つだけ分かるのは――。

「……おかえり」

春《はる》名《な》陽《よう》太《た》。

包み込むように優しく。そしてもの寂しげに笑っている目の前の彼と――初恋のヨータの面影が重なる。

何がおにーさんだ。何が面識ない変な人だ。私は彼に酷いことを言った。あなたには関係ないだなんて、よくもそんなことが言えたものだと思って、嗚咽《おえつ》が止まらない。

「ごめっ……」

「泣かないで」

「ごめんなさ……い。ヨータ、ごめんなさいっ……ごめん、ごめん、ああああっっ!!」

敬語を使って、赤の他人だとばかりに突っぱねてしまった。走馬灯のように流れ込んでくるヨータの顔。〝いろは〟と呼ぶ声が好きだった。一番大切で、誰よりもそばにいたかった人だ。

どうして。どうして？　膨大な情報量に脳が混乱する。記憶の中の大事な部分が霞《かす》みがかっていて、手繰り寄せることができない。

言葉を紡ごうとするけれど、唇が震えてしまった。雫《しずく》はとめどなく流れ落ち、このボックス席は再び涙で染まった。

苦しい。痛い。

これは——罪悪感だ。

そして、哀しげに瞳を細めるヨータを見て酷く怖くなった。

「お願い、泣かないで」

彼はそのまま指を伸ばすと、壊れ物を扱うように丁寧に私の涙を拭ってくれる。

ひどくほっそりした指だった。ヨータはまるで私という存在を確かめるように、私の頬を自らの手のひらで包みこんだ。

「俺はいろはを泣かせてばかりだ」

「……うっ」

「3年」

高い鼻も、端正な顔立ちも、柔らかい柔軟剤の香りも、くせっけな黒髪も。〝ハルナさん〟のものだと認識していたものは全て〝ヨータ〟のものだった。

それなのに。

「いろははずっと眠り続けてたんだ」

私は、一体なにをしていたのだろう。

「意識はちゃんとあったし、立って歩くこともできていた。眠っていたのは、いろはの……大事な部分」

「あ……ううっ！」

「病室の窓の外をぼんやりと眺めて、あらゆる感情をシャットアウトした」

「……そ、んな」

「今ならもう分かるよね？」

ぽっかりと空いた穴。中身のない日々。マンネリ化した日常。自分の中のなにかが欠落しているような、まるで曇天の世界を生きているような、そんな途方もない時間がただ過ぎ去ってゆく。

春になり、夏を迎え、秋を感じ、冬を越える。

ひどく曖昧《あいまい》な輪郭に手を伸ばし、無意識のうちに自分を思い出す機会を、求めていた。

「いろはたくさんのことを意識的に〝忘れた〟。――思い出して。ここに来るまでに、誰に会ったのかを。」

――ズキン。再び頭がかち割れるような痛みが走る。眩暈《めまい》に似た視界の歪《ゆが》み。情報の濁流が私を呑《の》み込み、内から溢れ出てくる感情の波が真実とは何かを知らせる。新栃木駅で隣に座ってきたおじさんは

――〝ゆっくりでいい。前に進もうという思いがあるのなら、きっとその穴は埋まるはずだから〟

「お父さん……っ」

誰よりも私のために生きてくれていたはずの実の父親。

東武金崎駅から乗車して来た老婦人は、

――〝良い旅を。心からそう、祈っているよ〟

「藤江《ふじえ》先生……っ」

小さい頃から付きっ切りで絵を教えてくれた先生。

新鹿沼駅から乗って来たあの二人組の男女は、

――〝彼を鼓舞したくらいの強い心でいつだってドシンと構える、そんな――いろはでいてね〟

「……エリっ……、サトルっ」

高校時代の私たちの親友。

当時からお似合いだった二人は、結婚して赤ちゃんを授かっていた。

どれもよく知っているはずの人たちだった。

ヨータも、お父さんも、藤江先生も、エリもサトルも、私に会いに来てくれた。みんな私を――。

「いろはは空白の３年間を過ごした」

「ごめん、なさい、ごめんなさい……！」

「日常生活は難なくこなせていたけど、いろは、君は〝あるもの〟に関する記憶をすべて消したんだ」

「……っ」

「いろはに明日はこなかった。いろはは明日を望まなかった。何度朝が来ようと、いろはは高校3年生の〝今日〟から動かない。大事な記憶を置き去りにしたまま、進まない時を過ごしたんだ」

私は大事なものを全部忘れていた。

今、ようやく思い出した。

毎日が同じことの繰り返しだと——思っていたかったのだ。その方がずっと楽だった。思考を放棄することで、迎え入れるべき明日を拒みたかった。

「俺、言ったよね。今回にかけてるって」

「ヨータっ……」

「本当だよ。あの日から3年後の〝今日〟が特別な日なんだって」

「でもっ……でも！」

「いろはは無意識に覚えていたんだ。だから電車に乗ろうと思った。失ったものを取り戻そうとした。人形のように空っぽになっていたいろはがはじめて意思を持って、自分から動いた。きっかけを掴みに行こうとしたんだ」

「わた、しっ」

「逃したくなかった。ここだ、って思った。できることはなんでもやる。だから、俺も同じ電車に乗り、おじさんや、藤江先生、エリやサトル……いろはと関係が深かった人たちに協力を仰いだ」

彼らとの出会いは偶然ではなかった。あくまで私とは他人のふりをするなんて、私はヨータにも彼らにも酷なことをさせてしまった。

本当は21歳であるはずなのに高校生であると振る舞う私は、彼らにどのように映った？

「少しずつ、少しずつ。いろはの核にせまる」

「……ううっ」

「タイムリミットは1時間5分」

「……っ」

「——3年後の〝今日〟。いろはの記憶が戻る可能性があるとすればこの日だった。すべてこの日に賭《か》けるしかなかった」

「ヨ、タっ……」

私はあの日、言いたいことがあった。伝えたいことがあった。

一緒に夢を追いたい。新しい形がきっとあるはず。いつも私を支えてくれたヨータ。夢をイキイキと追っていたヨータ。一度大きな壁にぶち当たったとしても前を向き続けたヨータ。

……大好きなヨータ。

可能性なんてまだまだある。それを私と一緒に見つけてゆこうって伝えたい。

「どうしても、なんとしても、いろはの記憶を取り戻さなきゃ。悪あがきだとしても、無茶だと言われても、俺だけは最後まで諦《あきら》めたくなかった。伝えないといけないことがあるんだ。あの日言いたかったことを今度こそ絶対に言わなくちゃ」

――あなたが好きです、と。あなたとの未来への手綱を、今度は絶対に掴み損ねない。

心からそう願ったのに。

「俺のタイムリミットが、もう目前まで迫ってるから」

〝３年〟。

その残酷な意味をあらためて思い知った。


――――２０１４年６月７日。その日、午後４時を回った頃、私とヨータは中禅寺湖畔のベンチに座っていた。

「うわ、このアングルいいな。あ、いや……こうかな。ちょっとＦ値いじってみよっと」

「さっきからよく撮るねえ」

写真撮影に夢中になっている私の隣には、呆れ笑いを浮かべているヨータがいる。海抜1000メートル超えに鎮座する巨大湖と、緑鮮やかな男体山は圧巻だ。胸が震えるとはこういうこと。芸術魂がくすぐられるというかなんというか。

「湖面に映る男体山をもっとうまく映したいんだけど……」

「センス皆無な俺からしたら、まったく分からない世界だな。尊敬するよ」

「んー？　そんな大層なものでもないよ。あ、今度は光入れすぎた」

「いろははすごいと思うよ、俺は」

「そーかなー」

「うん。いろはの絵はなんていうか、ドストレートに心に訴えてくる。見るものを感動させて、一瞬で魅了する力を持ってる。なんていうのかな、みなぎるパワーっていうか、勇気や希望っていうかそういうのがギュウギュウに詰まってる」

草木の匂いを乗せた湖風が私とヨータの間を通り抜けてゆく。お父さんから借りてきた一眼レフから瞳を離して、山々をぼんやりと眺めているヨータへと視線を移す。

「いろはの絵を見た瞬間、内からググッとなにかが湧《わ》き出してきたんだ。本当はすごく落ち込んでいたのに、俺が前を向けたのはいろはのおかげなんだ」

「……ヨータ？」

「いろはが俺を走らせてくれた。また夢を見させてくれた」

「急になに？　そんなにかしこまっちゃってさ」

「……嬉しかった。それで、理解した。ああ、俺はこんなに陸上が好きだったんだって。走っている時の俺は、いろはの目にはこんなに楽しそうに映っているのかって。俺はやりたいことを十分全うできていたのかもしれないって」

「あはは、なになに、どうしたの」

わざとおどけて話しかけるけど、ヨータは真面目なトーンで続ける。

「それは消えないし変わらないこと。あの時、本当に俺は救われた」

ベンチに座っているヨータは、ふと青空を見上げていた。

そこに手を伸ばし、太陽を手のひらで隠して雲を見る。雲は止まっているように見えて実際は絶え間なく流れている。時間だってそう。止まることなど決してないのだ。

実はこんなことをヨータは何回もやっていた。電車に乗っている時、東武日光駅に着いた時、戦場ヶ原を歩いている時だって。自分の身に染《し》み込ませるかのようにそれを確かめていた。

「ありがとう。いろは」

「えっ、と」

「本当に、君に出会えてよかった」

「はっ、ちょっと、やめてよ。むず痒《がゆ》いな……」

不意に視線が私に向けられ、ドキッとしてしまった。以前はこんなんじゃなかった。

いつからだろう。なにかの悟りでも開いたのか、最近のヨータは妙に大人びているように感じる。

「伝えたいこと、あるって言ったよね」

「う、うん」

「それ、俺から言ってもいい？」

彼からはいつもの柔軟剤の香りがした。伏し目がちのヨータは、長い前髪を風に乗せてただジッと私を見つめてくる。

ど、どうしよう。心臓が口から飛び出してしまいそうだ。

分かりやすいくらいに脈拍があがった。今日この日にヨータに告白しようと決めていたことを急に思い出してしまう。

むずむずして、落ち着かない。彼の言葉に期待をして、私は安直にも浮かれていた。

「いつまでも夢を追いかけあいたい」

「うん」

「いろはがうまくいかない時には、俺が支えて助けてやりたい」

「……うん」

「君が俺を救ってくれたように、俺もいろはの力になりたくて」

「う……ん」

「だから、ずっと言えずにいた。言わない方がいいとも思った。それ以上に……俺自身が認めたくなかった」

「え……？」

「一番大切ないろはだからこそ——もう隠しておきたくない。どうしても、知っていてほしいことがある」

ヨータが喉《のど》を鳴らした。

一番大切な——。それは私にとってすごくすごく嬉しいはずの言葉。

それなのに、なぜか嫌な予感がした。

ヨータの声のトーンに。

真剣な眼差《まなざ》しに。

震えている指先に。

体中の熱がたちまち冷めてゆく。ヒュウ、足元から吹き付けてくる風が不穏な気配を伝える。

「俺は、あと3年しか生きられない」

奈落《ならく》の底に落ちるような苦しみを味わったのは、何も私だけではなかったはずなのに。

誰が一番泣きたいのかなんて、考えずとも理解できたはずなのに。

――3年？

どういう意味？　6月だというのにもかかわらず、吹き付けてくる湖風は底冷えするほどに冷たい。

「な、に……言ってんの？」

「いろは」

「やだなあ。急に何を言うのかと思っ」

「いろは、聞いて」

ジョークでしょ？　なんて笑いかけてみてもヨータはピクリとも表情を崩さない。彼がふざけていないことは、一目で分かってしまった。

「俺が二度と走れなくなったのは」

「……あはは、やめて、よ」

「いろは」

「これから何する？　白鳥のボートに乗る？」

「いろは」

「それとも鮎《アユ》の塩焼き食べる？　あ……団子でもいいかも」

「聞いて。俺が――」

とっさに話をすり替えようとした。そこから先を聞きたくなかった。

この時、ヨータが一体どんな気持ちで私に打ち明けてきたのかなんて考える余裕もなかった。高校3年生の私の心は弱く、繊細だったのだ。

なにが人を励ましたいだ。なにが勇気を与えたいだ。

都合が悪いものは受け入れられないくせに。肝心な時には自分のことしか考えられないくせに。

「俺が走れなくなってしまったのは、怪我《けが》をしたのが理由じゃない」

「やめて」

「――心臓が、よくないんだ」

脳天をはしる衝撃。木々が揺れる音が喧騒《けんそう》のように聞こえ、一転して私の心を蝕《むしば》んでゆく。ベンチに座っている彼の顔がまともに見られなかった。

「なにそれ……嘘、だよ」

「嘘じゃない。俺も、ずっと受け入れられなかった」

「嘘だ……嘘だよ。だってこんなに元気じゃん。今日も、一緒に東照宮を参拝して、それからいろんなところを歩き回って……それで、それで、これからもずっと、一緒に……」

「いろは、こっちを見て」

嘘だよ。そんなことないよ。

震えながらヨータを見て、愕然《がくぜん》とした。手足はこんなにも痩《や》せ細り、顔はひとまわり以上小さくなっている。小麦色だった肌の色は、真っ青になっていた。見ないようにしていたのか、気づけていなかっただけなのか、いずれにせよ、現実を受け入れるのが恐ろしくなった。

私の世界はガラガラと崩れ落ちてゆく。

やだ。やだ。やだ。やだ。やだ。やだ。やだ。やだ。やだ。

――……ザザッ――。ザザッ。ザザッ。記憶の中にいるヨータの優しい顔が、黒のマジックで塗りつぶされる。

「いや……だっ……」

「言わなかった。いや、言えなかった。でも、それじゃいつまでも前に進めない。進めないんだよ。怖がってばかりじゃいられないんだ。いろはにだけは、ありのままの俺を知っていてほしいから」

全身が小刻みに震え出す。私に向けて伸ばされた、愛おしいはずの彼の手が、この時は怖くてどうしようもなかった。

ありのまま？　ありのままって——何。

なに。なに。なに。なに。なに。なに。なに。なに。

——ザザッ。ザザッ。ザザッ。

頭の中の隙間が徐々に埋まっていき、思考がショートする。

ヨータの面影が黒のマジックで——消されてゆく。

「いろは、聞いて、俺はそのうえで君に伝えたいことがあるんだよ」

——いや、
耳をふさぐ。目も閉じる。

伸ばされた手は私の頬を包んだけど、私はそれを受け入れたくなかった。このままずっと今日がいい。何も知らない自分に戻りたい。

〝お願い、俺を見て〟

何度彼が私に呼びかけたか。

〝いろは、こっち見て〟

一体どんな顔で、私を見つめていたのか。

中禅寺湖から吹き付けてくる風が、ヨータの柔らかな黒髪を切なげに舞い上げた。

「余命3年」

「……い、や」

「これが俺に残された時間」

「い、や」

「それはどうしたって変わらない。変えることはできない。俺はずっと受け入れられなくて、現実逃避をしていた。そこから引っ張ってくれたのが、いろはの絵なんだ。今を大切に生きなくちゃって、思った。残り短い命だからこそ、俺は、君と」

「いやだ、いやだよ」

「俺は、いろはのことが――」

その刹那《せつな》、パチン、と、頭が真っ白になった。

私は自分の身を守りたいばかりに、一番大切な人を傷つけてしまった。受け入れたくない。なかったことにしたい。できるなら、綺麗さっぱりリセットしたい。

今日この日がすごく楽しみだったの。ヨータの特別になりたい。もっともっと近くで彼を支えてあげたい。いつのまにか幼馴染としてではなく、好きな人として見ていた。

告白して、彼氏彼女になって、ともに夢を追いかけられたらどんなに楽しいだろう。

いやだよ。いやだよ。たった3年？　そんなこと言わないで。この先も彼とずっと一緒に……。

一緒……に……。

私は酷いことをした。あまりに辛い現実から私だけ逃避してしまった。

6月に日光を訪れたことも。美術展で受賞したことも。彼の影響が如実に現れ出ている絵のことも。

絵やヨータと結びつきが強かった人たちのことも、全部。

「君のことが、す——」

「あの」

まっさらに。

「……どちら様、ですか？」

私の核となる記憶の一切にふたをして、胸の奥に追いやった。

「う、ぁっ、あぁっ……!!」

私は、項垂《うなだ》れるようにむせび泣いた。

思い出した。全部、分かった。私はなんてことをしてしまったんだろう。一番辛かったのは誰だった?

あの時、誰よりも胸が痛かったのは誰だった?

「期限が来る前に、どうしてももう一度〝いろは〟に会いたかったんだ」

それは、ヨータだ。

――２０１７年。あの日から時は過ぎ、21歳になった彼は今こうしてボックス席の正面に座っている。一緒に前に進もうと手を差し伸べてくれたのに、私はそれを振り払った。

高校2年の夏。彼に、強い心で前を見据えてほしいと願ったのは誰? 高い壁にぶちあたったとしても、朽ちない翼があればどこまでも羽ばたけるのだ、と勇気づけたのは誰? あの日、誰よりも強くあらねばならなかったのは私だったのに。

「ヨータっ……私っ、私……!」

なんで逃げてしまったんだ。なんで目を背けてしまったんだ。時間は有限なのに。1

秒たりとも無駄にしてはいけなかったのに。

「残されていたのは3年だけだったのに、私は、その時間を全部台無しにした！」

後悔の涙なんて今更遅すぎる。贖罪《しょくざい》をすべきは私の方だ。ヨータが必死に病と闘っているあいだ、私はなにもしていなかった。彼のことも全部忘れて、一人のうのうと息をしていた。――私だけが。

「ごめん、なさい、ごめん……なさい！」

きっとヨータは記憶にふたをした私に何度も声をかけてくれた。こっちに戻ってこい、と何度も呼びかけてくれたはずなのに、私はそれすら受け入れられずにいた。そうこうしているうちに3年の月日が経過してしまった。失ったものを取り戻す猶予はもう残っていない。

「いろは、泣かないで」

「だってっ……うっ、ああ」

「なにも気にしなくていい」

「ヨータっ」

「もうなにも……言わなくていい」

頬を伝う涙を拭う。彼の匂いがふ、と近くなったと思ったら、唇に柔らかいなにかが触れていた。

　こんなの、ずるいよ。余計涙が止まらなくなってしまったじゃないか。

「やっと、〝君〟に会えたんだから」

　困ったように眉を下げるヨータは私の顔を覗き込んで小さく笑った。

　はじめてした口づけはレモン味なんて甘酸っぱいものではなく、しょっぱい涙の味しかしなかった。

「ずっと待ってた」

「……っ」

「俺ってわりと諦めの悪い男なんだよ」

　ガタンゴトン……。３年分の想いをのせた電車が、終点に向けて私たちを運んでいる。

　彼が生きているあいだに私の記憶が戻る確証はない。途方もない時間がかかるかもしれない。

　命の灯火《ともしび》が消えるのが先か。行き先が分からない目的地のない電車に、ヨータは乗っていた。たった一人、罪の意識を感じながら。

「諦めの、悪いって……こんな女最悪じゃん。なんでヨータが罪悪感を抱いて生きなきゃいけなかったのっ」

「いろはは悪くない」

「だって、3年しかなかったのに！　貴重な3年だったのに……！　その時間全部、あなただけに背負わせてしまった！　ひとりぼっちにして、私はっ……！」

「ほら、顔上げて。俺を見て？」

　ひどく優しい声はすぐ頭の上から降ってくる。

　だって、だって、ヨータはもうほとんど生きられない。私が奪ったの。たくさん話したかった。たくさん触れたかった。ヨータのトクベツになって、もっともっとあなたを感じていたかった。

　世界からヨータがいなくなる。神様は待ってくれない。このあたたかな体温が冷たくなることを想像したくなんてない。あなたが動かなくなるのなんて考えたくない。やりたいこと、たくさんあったはずなのに――私は……、涙でグショグショになった顔を引き上げるなり、また影が重なった。柔らかい口づけは先ほどのものよりも長かった。

「ずっとこうしたかった」

　ヨータは、掠《かす》れた声で囁《ささや》くと再び私の言葉を封じた。

「新大平下駅から乗ってきたいろはが、まさか俺の前の席に座るなんて思わなかったよ」

ヨータの声。ヨータの手のひら。ヨータの匂い。それを考えるだけで泣けてくることなど、今までには一度もなかった。私の頬を包み込み、優しく触れてくる指先はひどく酷薄で。

「いろはが乗る電車の発車時刻は前もって専属の医師から聞いていた。この電車のどこかの車両にいるだろういろはを探して、なにかしらの接触を図ろうって魂胆だったんだ」

涙が頬を伝い、それを彼は切なげな表情で拭ってくれる。

待って、行かないで。神様どうか、まだヨータを連れていかないで。

こんなのは都合のいい考えに過ぎないと分かっていても。

「だからビックリした。正直言うとさ、いろはの名前を呼んだ時、君が俺と目を合わせてくれて泣きそうになったんだ。やっと俺を見てくれた。やっと、応えてくれた。今までは何度呼びかけてもピクリともしてくれなかったから」

私が泣きやむことは一向になかった。そんな私を時折愛おしげに見つめながら、ヨータはさらに口を開いた。

あえてヘラヘラと接してきたのは、私の警戒心を解くためと、そしてあとは自分の保身のため。

――気を緩めると今にも泣き出しそうになるから、と。

「ほら、初対面の男が目の前で急に号泣したらビビるだろ？　いろはに警戒されて席を立たれてしまったら困るし。って言ってもまぁ、それでもいろははずいぶんと俺を怪しく思ってたみたいだけどね」

「でも、結局ヨータ、泣いてたよ……」

「そうだね。いろはが逃げなくてよかったよ」

「……っ」

「いろはは俺を俺だと認識していなかったけれど、思ったんだよ。少しずつ、確実に〝いろは〟が戻ってきている。この旅の中でもう一度、君を呼び戻すことができるかもしれないって」

イチゴオレをシゲシゲと眺めていたのも。奥日光のワードで一瞬だけ哀しそうな顔をしていたのも。〝ハルナさん〟はヨータだったから。

当初のおちゃらけた雰囲気は初見でも接しやすい人間だと思わせるため。最初はただの陽気な同乗者として近づこうとしてたのかもしれないけれど、ところどころで〝春名《はるな》陽太《ようた》〟になってしまった。

アーモンドチョコを食べさせた時、つい私は彼に口出ししてしまった。

あれは確か、3年前にもあったから――。

きっと、重なったのだ。思い出のあの日と。怖がらずに前に進んでほしいと言っていたのも、記憶を封じ込めて逃げていた私のためだった。電車に乗っている時間を自分にちょうだいと言ったのも、全部私のため。


――逃げたって、なにも残らなかった。

感じていたのは一種の虚無感だけだ。待っていたのはなんの変哲もない日々。中身のない日常。その繰り返し。空っぽ。何にもない。生きているのか死んでいるのかも分からず、ただ呼吸をしているだけだ。

それに嫌気が差したから〝旅〟をしたいと思ったんだ。漠然と日光に行きたいと思ったのも全部そう。なにも良いことなんてなかった。逃げた先で得られるものなどなにもなかった。

……何にも、なかったよ。

「ヨータは、言った、よね」

「え？」

「目的地の、ない電車。不確証で、怖くてしょうがないはずのそれに……どうして、乗ることができるのかって」

怖い。震える。あなたの命の火が今に消えかけている事実は、どうやったって変わらないのだと突きつけられる。

日が暮れる寸前まで追いかけっこをした。変なことをしている、といじめられていた私を助けてくれた。県大会、ゴールテープを切る姿はキラッキラに輝いていた。どんどん魅力的になってゆくあなたを見て、少しでもトクベツな存在であれたらと思った。

こういう時ばかり、昔の懐かしい記憶が頭を過《よぎ》るんだ。

口を結び、嗚咽して泣きむせぶのを必死に堪《こら》えるのがやっとだった。じゃなきゃまた、私の口から出てくるのは弱音ばかりになってしまう。

これ以上ヨータを悲しませたくない。これ以上ヨータにこんな顔をしてほしくない。

逃げ出した日々から得られるものはなにもない。

だから、一歩を踏み出すことが求められるんだ。知りたくないこと。見たことないもの。挑戦したことがないこと。それらを受け入れるのはすごく怖い。

けれど、

「私も、そう思ってもいいのかな」

「うん」

「資格なんてないのかもしれないけど……今度こそ、思いたいよっ」

「そんなことない」

「私も、ヨータと一緒に地に足をつけたい。現実は現実。変わることなんてないんだよね。私は受け入れなきゃならない。今度こそ強くならなきゃいけない」

「……うん」

「そうすることで、ヨータへの贖罪にする……！　もう逃げないよ。逃げたくない。時間を無駄にしない。こんなのもう懲り懲りだっ」

「いてくれるだけで、俺は嬉しいんだよ」

似合わない丸眼鏡はカムフラージュのつもりか。それを外したヨータは昔のような屈託のない笑みを私に向けてくれた。

「ヨータっ……」

それでもやっぱり悲しい。辛い。痛い。

だからといってずっと一緒にいられるわけじゃないんだ。あまりに遅すぎた。あまりに時が経ちすぎた。罪はそれほどに大きいものだとも分かっている。

もし、神様とやらが本当にいるのなら、手足がなくなってもいい、目が見えなくなってもいい、呼吸もろくにできなくなってもいいから。

――どんな罰でも受けるから、どうか彼を救ってはくれないだろうか。

〝ごめんなさいっ……〟

私はおそらくこれまでに何度も謝っていた。暗い暗い光がささない真っ暗な部屋で、私は何かに必死に謝っていた。

病院。ベッドの脇《わき》。点滴。不意に、ヨータの痛切な表情が脳裏にチラついた。今に泣いてしまいそうな顔で、私に話しかけるあなたが……。

「二人で乗っているから、大丈夫」

「……二人、で」

「行き先が分からなくても、二人なら強くいられる」

しかし、人生とはなにが起こるか分からないものだ。

日常の中で非日常に遭遇する。未知なるものに出会い、だからこそ、新しい気づきを得る。そうやって人は成長し、人を人たらしめ、何よりも自分の色を濃くしてくれる。

それは私がこの〝旅〟で理解したこと。それ全てが人生。人が生きてゆくということ。

「勇気をもらった。ありがとう」

「……勇気？」

「俺、さ。明後日《あさって》、大きな手術をすることになったんだ」

そうやって人は、強くなるのだ。

〝ハルナさん〟だと思っていたその顔は、こうして見るとどこもかしこもヨータのものでしかなかった。男らしいわけでも、女らしくわけでもない中性的なそれは固く強張った表情をしていない。むしろやんわりと緩められていてた。

「え、どういう」

ヨータのあたたかな手が私の手を握る。中禅寺湖の畔《ほと》りで聞かされた、〝余命3年〟の言葉ばかりが脳内を駆け巡っていたからか、予想もしていなかった内容に一拍反応が遅れてしまった。

「ドナーが見つかったんだ」

「ドナー……って」

「心臓移植のドナー。待って、待って、待って……先月、やっと、見つかった。3年の間に見つかるのは絶望的だと言われていたけど、奇跡的に見つかったんだ」

ああ、この感情に名前をつけるならなにになるのだろう。

ドッと涙が溢れ出した。後悔や罪悪感、自分に対する憤り、嬉しさ、安堵《あんど》をごちゃ混ぜにした涙が、壊れたように流れる。声をかけたいのにまるで言葉にならない。ヨータはやっぱり一人で頑張っていた。感情が高ぶって、項垂れるように泣いた。

「手術の日までの〝タイムリミット〟」

「……ふっ、ううっ！」

「絶対に成功するとは言えない大きな手術だからさ、ちょっと勇気が欲しかったんだ。それまでにはどうしても、俺を思い出してくれたいろはに会いたかった」

ヨータはまた、私の存在を確かめるように頬へと手を添えてくる。笑っているけれど、泣いているようにも思えたのは、声が小刻みに震えていたからだ。

心臓移植ができる状態になっているとしても、彼にとってそれがタイムリミットであることに変わらなかった。自分の体に移植された心臓が合わないことだってあり得る。

ヨータが絶対に生きていられる保証などない。いや、絶対、なんてもの自体、この世には存在しないもかもしれない――けれど、

「手術が成功するかどうかなんて分からないけど、俺はどっちにしろ立ち止まってはいられないから」

「……私、私！」

「もう二度と走ることができないと医者に告げられても、子どもの頃からの夢が叶わなくなっても、いきなりあと3年しか生きられないと余命宣告されても、ここまで頑張ってこれたのはいろはがいてくれたからなんだ」

「そんなこと、なかった！　なにもできなくて……！」

　大きく首を振った。ヨータがいくら気にしなくてもいいと言ったとしても私は自分を許すことなどできないのだろう。

　ヨータが一番きつい時に私はなにもできなかった。３年もあったらいくらでも支えてあげられたはずなのに、なに一つできちゃいない。

「……ごめんっ……ごめんっ」

「違う。いろはからはたくさん貰った。俺はたくさん救われた。それに、いろはも一緒に闘ってただろ？」

「私はっ……なにもっ」

「闘ってたよ、俺と一緒に。親父さんから聞いてたから。いろはは、日中は意識もなく、もぬけの殻になっていたけど、寝ている時だけは人間らしく泣くんだって。〝ごめんなさい〟って、夢の中で苦しそうに謝っていたんだって」

「……っ」

「見えないところで一生懸命闘ってたんだ。だから、いろはの記憶が戻るその時まで、なんとしてでも命を尽きさせやしない。いろはの記憶が戻るまでに10年かかるっていうのなら、俺は寿命をあと7年引き伸ばしてやるって、強く思ってた」

　ポタポタと涙が落ちるのを、ヨータは優しく拭ってくれる。

その一つ一つが愛おしくて苦しい。切なくて吐きそうだ。私はきっと、ずっとこの時を待ってた。ずっとヨータに会いたくて仕方がなかった。

「もちろん、俺だけじゃなく、いろはのご両親も、藤江先生も、エリもサトルもずっと信じてた。記憶のないいろはに向かって何度も声をかけていたし、時折絵も持ってったりして」

「……私は、それでも思い出さなかったの？」

「うん。どの方法も効果がなかった。だからさ、今日はみんな相当泣くのを我慢してたと思うよ。怪しまれないようにとあくまで他人のふりをしてたけど、結局ちょいちょいボロが出てた」

そうだ。ヨータだけでなく、彼らがいたから私は少しずつ記憶を取り戻していった。とんでもない苦労をかけた。

存在を無視されることは酷なこと。〝おじさん〟だと思っていたお父さんが哀しそうに言っていたことを思い出す。

……本当にそうだ。だって彼らはみんな涙を流して降車していった。

本当なら切り捨てられてもおかしくない状態だったのに、それでも見放さないでいてくれた彼らに感謝しなきゃいけない。

お父さんにも、藤江先生にも、エリにもサトルにもあとで自分からお礼を言いに行かなきゃいけない。

「いろはを苦しませた原因は俺だ。もっといい伝え方があったはずだ、と悔やんでも悔やみきれない。絵描きとしての将来もあったはずなのに、貴重な3年間を奪って、つぶして、殺してしまった。……本当に、ごめん」

頬を包む指が震えていた。声を掠れさせている彼は切なげで、苦しげだった。そんなヨータこそが誰よりも不安で仕方がないはずなのに、どうして私のことばかりなの。

ああ、あなたはどこまでも優しい人。私なんかよりもずっとずっと強い人。

「ありがとう。私に手を伸ばし続けてくれて、本当に……ありがとうっ……」

「いろは」

「もう逃げない。この先、たとえどんなことがあったとしても、強くあり続けてみせる。3年なんてあっという間に取り返してみせる。だから、ヨータこそそんな顔、しないでよ」

――高校1年の冬。いつものように部活で走り込みをしていたら、突発的な動悸《どうき》がしてグラウンドで倒れたことがあった。呼吸がうまくできずにそのまま気を失ってしまった俺はすぐに救急車で病院に運ばれたそうだが、よく覚えていなかった。もしかすると練習のしすぎで疲れてしまったのかもしれないと思った。すぐに帰宅できるのかと思ったが、なぜかそのまま心電図や胸部エックス線検査をすることになる。

そんな大袈裟《おおげさ》な、と思った。けれど、医者や看護師は念のために検査をさせてほしいというばかりで、俺の両親は不安そうな顔をしながら検査入院の了承をしていたのをよく覚えている。

「落ち着いて聞いてください」

一通りの検査が終わり、担当医の往診室で重々しく口が開かれる。目じりにシワがよっている担当医は、レントゲン写真を俺と両親に見せてきた。

疲労が溜まっていただけなのだろうと思っていた。もうすぐ大会を控えているからもう一踏ん張りしないといけないはずだった。それなのに希望はあっさりと打ち敗られた。

——特発性拡張型心筋症。

医者から病名を宣告された。長々しくてよく聞き取れなかったが、それがどういう病気なのかは担当医の表情からなんとなく理解してしまった。

心筋症。——心臓の筋肉の病気で、特に、風船のように心臓が膨らんでしまう病気のこと。〝特発性〟がつくのは原因不明という意味の医学用語だという。遺伝子やウイルス感染、免疫反応などが原因と考えられていて、一部は原因が分かるようになってきたようだが、多くは不明のままなようで治療方法も確立しておらず、全国的規模での研究が必要な疾患という意味で、〝特定疾患〟とされているそうだ。

説明を受けたが、なにを言っているのか分からなかった。冗談だろ？　わるい夢でも見てるのか。難病って、なんだよそれ。

固まっている俺の隣でとうとう母親が取り乱す。

「なっ、治るんですよね？　うちの子、治りますよね？」

「現段階では、治療方法は確定しておらず……」

「そんなっ……、まだ16歳なんですよ？　なんとかしてくださいっ、先生！」

治療方法が確定してないって、なんだよ……それ。なんなんだよ。

声も出ない。目の前が真っ暗になった。

「その病気は、いったいどのように治療していくのでしょうか」

父親は母親と俺の肩を抱き、深妙な面持ちで担当医に問いかける。

「特発性拡張型心筋症の治療の切り札としては、心臓移植手術が用いられます」

「心臓、移植……!?」

「ですが、これはあくまで最終手段であり、今では症状をかなり良くする薬や、移植以外の手術、ペースメーカーなどの医療機器でよくなることも分かっております」

「じゃ、じゃあ……この子は……きっとよくなるんですよね？」

　父親がさらに口を開くと、担当医はさらに重々しげな表情を浮かべた。

「春名《はるな》さんの場合、すでに心機能の一部の低下が見られます。不整脈と、心臓の中にすでに血栓ができている。これが全身に運ばれると血流を止めてしまうことになり、最悪の場合、塞栓症《そくせんしょう》を引き起こすことがあります」

　そこからはよく頭の中に入ってこなかった。たしかに、ここしばらくは夜寝ている時に息苦しくなったり、動悸がしたりして目覚めることがあったように思える。

けれど、練習で疲れているだけなのだろうと思って放っておいていた。だって、こんなの誰が予想する？　担当医が説明することには、俺は心筋症の中でもより複雑な疾患を併発しているケースであるらしい。まずは投薬治療からはじめるとのことだが、若い分症状悪化の進行がはやいため、状況により治療方法を変える可能性もあるという。欧米では心臓移植が必要となることが多いようで、日本における心臓移植適応例の80％以上はこの病気であるそうだ。

　意味分かんねえよ。経過をみて定期的に検査をすると言われ、家に帰ってもなお、現実味が湧かなかった。

小学生の頃から続けていた陸上競技も、心臓に負荷がかかるということでドクターストップがかかった。インターハイに向けて努力し続けていたものが、一気に泡となって消えていく。昨日までできていたことが一つずつできなくなっていく。いつしか、愛読していた陸上競技の雑誌を読まなくなった。練習着はタンスの奥にしまい込まれ、視界に入れることはなくなった。悔しいのか、やるせないのか、なんかもうどうでもよくなってただひたすらに猛烈な喪失感に駆られていた。

放課後にグラウンドから部員の声を聞こえてくる。俺は陸上部のジャージーを着ることなく、昇降口をあとにした。

もう走れないなんて、神様は残酷なことをする。もう履くことができなくなったスパイクを見ることはできなかった。

俺を形成していた大事なものがなくなって、うまく笑えなくなった。

しばらくして、俺は心不全を起こし、緊急で入院することが必要になった。薬物療法で一度は回復し、退院をして経過をみていたが、また心不全を引き起こした。

繰り返すことが多くなると、非薬物治療を行った。心臓再同期機能付き除細動器が心臓に植え込まれることになる。ちょうどその時は学校が長期休みに差し掛かったころで、手術のためにそこでまた入院をした。

さらに心臓リハビリテーションを行い、ＱＯＬの改善をすることで寿命を延長することができるそうだが、それでも心不全を繰り返し——そこで、はじめて余命が告げられることになる。このままでは持って3年ほどだと。切り札があるとすれば心臓移植が考慮されるが、ドナーが見つかるのを待たなければいけない、と。

俺の心臓は今、機械に助けられて動いている。——あいつがこれを知ったらきっと泣いてしまうから、ずっと言えずにいた。

「いろはっ！」

幼い頃、よく幼馴染の家に遊びにいっていたのは覚えている。

早乙女《そうとめ》いろは。俺と同い年の女の子。親同士が仲良くて小さい頃から一緒にいた彼女だったけれど、いつも彼女の両親の帰りは遅いようで、一人で留守番をしていることが多かった。自分の母親は専業主婦だったから、学校から帰ると決まって自宅で出迎えてくれたけど、いろははいつもひとりぼっちだった。

「いろは！　追いかけっこしよ！」

「えー！　今日はお絵かきの日ぃ」

だから、俺は彼女が寂しくないようにいろんな遊びを提案した。俺はかけっこが好きだったから外で遊びたかったんだけど、いろはは室内遊びの方が好きなようで。

「ねえ、追いかけっこしよーよ！」

「だからぁ、お絵かきの日なの。しかも追いかけっこって２人でやって楽しいの？」

「もちろん。俺がいろはを追いかけて、捕まえる！　ほら楽しい！」

「ヨータは足速いもんね。すーぐ捕まっちゃうんだ」

「へへっ、気持ちいいんだー、走るの。風がビューンって！　それにいろはもスゴイって言ってくれるし」

よく夢中になってスケッチブックに絵を描いていた。何が描かれているのか分からなかったけど、楽しいのだという。

いろはが寂しくないのなら、それでいいかと思った。彼女の笑顔がもっと見たくて、運動会のかけっこではいつも一番をとった。すごい！　と褒められたかった。

俺はいつだって君の笑顔を守りたかった。笑うとえくぼができる。可愛らしいいろはは、俺の初恋の相手だった。

「どうやったらお父さんとお母さん、疲れた顔しないかなあ」

「そうなの？　夏休み、楽しそうだったのに？　にっこう行ったんでしょ？」

「うん、行ったよ。だけど、お母さんもお父さんもね、いっぱいお仕事してるの。がんばってるから、もっと喜んでもらいたいなあ」

「うーん……だったらさ」

俺はただいろはを応援したかった。自分だって寂しい思いをしているだろうに、両親のことを気にするいろはは優しい子だった。

「にっこうを描けばいいんじゃない？」

頑張っている両親のためになにかがしたい、といういろはに、思いつきのアイデアを出した。

それはいい！と明るく反応をしてきたいろははそれからというもの、より一層絵を描くことに力を入れ始めた。だから、俺もなにか頑張らなくちゃと思ったんだ。

そして、小学校を卒業して中学生になると、陸上部に入部した。いろはは美術部に入部することになり、絵画の先生の指導を仰ぎながら日々邁進しているようだった。

下野教育美術展で金賞を取ったと嬉しそうに話していて、全校集会の壇上で表彰されることが多くなるたび、俺も負けていられないと思うようになった。

「ヨータは？　この前の地区大会どうだったの？」

「3位入賞」

「すご！　県大会出場じゃん！　見に行きたかったなあ」

「ありがとう。でも恥ずかしいから見にこなくていいよ」

「えー、なんでー」

「なんでも。ガチなとこ、いろはには見られたくないの」

口先を啄めながら、ツン、といろはのおでこを突っぱねる。痛……とその部分を摩りながらこちらを見つめてくるいろはに、少し動揺した。

慌ててそれを隠したが、中学生になったいろはは俺よりも大人びているように見えた。カレシ、いんのかな。まさかいないよな。でもこの前、隣のクラスの野口がいろはのことを可愛いと言っていた。

きっと彼女は、俺がずっとガキの頃から好意を寄せている事実を知らない。だから俺も、さらに高みを目指すよ。

県大会ではかなりコンディションはよかった。ピストルが鳴り、体を起こしながらスタートダッシュを切る。トラックを駆け抜けていくのが気持ちいい。楽しい。いくらでも走れる。もっと、もっと、速く、先へ。両サイドの選手の影が背後へと消えていく。誰も視界に映らなくなった世界で真っ白いゴールテープが切られた時、大きな歓声が降り注いだ。

いろはとは高校もいっしょだった。入試の結果はギリギリだったようだが、内心嬉しかった。毎日朝練があったからいろはと一緒に登校をしたことは数えるほどだったし、帰りがいっしょになるのもテスト期間中くらいだった。

「お前さ、いい加減いろはちゃんに告白すれば？」

「……ブッ」

「そうだよぉ～、いろはってそういうの鈍いしさ。このままだと他の男子に取られちゃうよ～？」

それから、サトルとエリという気の許せる友だちもできた。なぜか2人は俺がいろはへ好意を抱いていることを見通していて、本人がいないところで煽《あお》ってくることが多々あった。

「ほっとけよ」

もちろん、軽くあしらっていたけど。

「でもなあ、お前部活ばっかだし。バシッと決めねえと、いろはちゃんは待っててくれねえかもよ？」

「いろはが他の男の子と付き合っちゃってもいいのー？」

いいわけないだろ。でも――言ってしまったら、今ある関係が壊れてしまうんじゃないかという考えが脳裏を過ってしまう。

「ん？　みんなに話してるの？」

席を外していたいろはが戻ってくると、サトルもエリもわざとらしく背伸びをする。顎《あご》のあたりまで伸びたいろはの黒髪がさらりと揺れていた。

「なんでもないよ」

不思議そうにしているいろはに笑いかける。

変わらない毎日。でも、もしインターハイに出場できたのなら、幼い頃から抱いていたこの気持ちを伝えることができるかもしれない。

そう思っていた——矢先のことだ。部活中に倒れて、自分の病気が明らかになった。しばらくはいろはには隠してはいたけれど、いよいよ症状が悪化していった。様子を見て参加していた部活も、高校2年になる前にはまともに参加ができない状態になっていた。本当は心のどっかで期待していた。病気がよくなって、思い切り走ることができるようになるって。

だけどそんなドラマのような奇跡は起こらなかった。心不全を繰り返すと、薬での治療のみでは回復は難しいと判断され、ついに心臓に機械を埋め込むための難しい手術を受けることが決まった。

春休み中に手術を受けた。胸に残った大きな傷痕《きずあと》を見てなんとなく、ショックだった。きっともう、俺は走ることができない。陸上競技をすることができない。それが虚しくて、食事も喉を通らなかった。

「俺、もう走れなくなっちゃったんだよね」

高校2年の4月半ば。いろはに部活を辞めることを伝えた。

病気のことは伝えられなかった。だって、これだけで大きな衝撃を受けたような顔をしているからなおさら言えなかったんだ。

「走れないんだって、さ」

「……え？」

「もう、走れないんだよ」

「ヨータ……」

「ハハ、なんか呆気ないよな」

なんで、いろはが泣きそうな顔をするんだよ。そんな顔、するなよ。本当はこんなにキツイのに。

人に打ち明けてあらためて実感する。我慢していたものが溢れてしまいそうだった。

「走れないんだって、さ」

声が震えた。両親の前でもこんな風にはならなかったのに。病名を宣告された時だって、取り乱すことはなかったのに。

「走れないんだっ……」

夢がもう叶わないのなら、これから俺は何のために生きていくのだろう。

いや、本当はうすうす気づいている。俺の心臓は、機械の助けを借りてかろうじて動いているだけだということを。治ったわけではない。いつ止まるかも分からない。俺の人生には先がある程度見えているって。

生きたい。思い切り、地面を蹴《け》り上げてまた走りたい。いろはを導けるような男になりたかった。

なあ、どうしたらいいか——教えてくれよ。

そして高校２年の８月。入院を繰り返していた俺は、いろはに連れられて久しぶりに外出をした。

そこは美術展だった。話によるといろはが描いた作品が受賞したとのことで、数々の作品が展示されているブースを進んで——一枚の大きな絵画を目にした時。

一筋の涙が頬をつたっていった。いろはに絵を教えている先生も、隣で肩を震わせて泣いていたようだった。

溜め込んでいたものが一気にこぼれ落ちた感覚。

——そこには、足に羽が生えている俺が、まるで清々《すがすが》しくトラックを駆けていた。

たまらずに膝から崩れ落ちた。走ってる。走ってる。

夢を見せてくれているようだった。

「ヨータの足の翼は、朽ちないよ」

「……っ、ぁっ」

「希望の光は、きっと消えないから」

「あぁっ……」

「大丈夫。大丈夫だよ、ヨータ」

むせび泣く俺の背中を優しく撫でてくれるいろはに、何度も〝ありがとう〟と伝えた。

いろははまた俺を走らせてくれた。諦めないで、頑張れと応援をしてくれた。

本当は、ずっと怖かった。叫びたかった。ちっぽけなプライドなんて捨てて、誰かのそばで弱くなりたかった。両親は無理をするなと心配ばかりしてくるけれど、本当は誰かに、後ろから背中を押してもらいたかった。

いつ止まるかも分からない胸もとをぎゅっと握り締める。

俺は、俺はこの先この子に、いったい何ができるのだろう。

それからはきっと俺の中でいろんなものが吹っ切れたんだと思う。治療に専念するようになると学校を休むことが多くなった。退屈な入院生活の中で、いろはのことをよく考えていた。

　この前、とうとう担当医から余命というものを宣告された。このままの状態が続けば、もって3年ほどだと。覚悟していた。そんな感じはしていた。どんな治療をしてもよくならなかった俺に残された最後の手段は、心臓を移植すること。それも、生きているうちにドナーが見つかるとはかぎらないのだという。正直な話、かなり絶望的であり、もし万が一見つかったとしても必ず適応する、とは断言できないと言われた。

　卑怯なんだよ。自分には先がないと理解しているくせに、いろはを他の誰にも渡したくないのだ。小さい頃からずっと好きだった。たった一人の、大切な女の子。

　いろはのおかげで現実を受け止められるようになった。だから、いろはも本当の俺を知ってほしいって。

「先生あのさ」

「うん？　どうしたのかな」

「俺ってセックスってできんのかな」

　病室で問診を受けていたとき、なんとなく担当医のおじさんに聞いてみた。一瞬驚いたような顔をしていたけど、何かを理解したのか、愉快そうに笑って答えてくれる。

「カノジョさんがいるのかい？」

「いや、まだそうじゃないんだけど……」

「おお、そうかそうか。いいねえ！　青春じゃないか」

　バインダーを棚に置いた担当医は、顎に手を当ててガハハ、と笑う。

「で？　できるの？」

「うーん、できなくはないがね……かなり負荷がかかると思うよ」

「だよね。やっぱできないのかなあ」

　病気になってからいろんなことを諦めてきた。だけど、いろはとは手を繋《つな》いだり、キスをしたり、セックスをしたり、普通のカップルみたいなことをしたいと思う。

　つーか、まだ告白もしてないんだけど。

「ねえ、ここ分かんない」

　高校3年になっても、俺は相変わらず入退院を繰り返していたが、放課後になって俺の部屋にいろはがいることは変わらなかった。

　少しは警戒しろよ、と思わなくもないけれど、あっさり招き入れてしまう俺も俺だ。テスト勉強をしたり、宿題をしたり、漫画を読んだり、やることといえばそのくらいだったけど、実のところ下心がないわけではなかった。

「えー、どこ」

「ここ」

わざといろはを引きつけて、髪を触ったり。だってしょうがなくね？　俺って年頃の男子だし。

好きな子ともっと親密になりたいと思うのは男のサガだ。

「ヨ、ヨータ？」

「うん」

「な、なんか……近くない？」

「だめ？」

「えっ？」

俺はずっと幼馴染でいるのは嫌なんだ。

いろはと歩いていきたいと思ってる。だから、俺のことを知ってほしい。

顔を真っ赤にさせて正直可愛かった。本気でキスをしたくなってきたところで距離をとった。

「他のヤツには、触られんなよ」

「……ばっ、ばっかじゃないの！」

「いいから。約束、な？」

いろはは押し黙ると、俯《うつむ》いたままコクリと頷く。

そんな矢先、いろはから日光に行かないかと誘いを受けたんだ。話したいことがある
――それは、俺も同じだった。

病気のこと、余命のこと。ドナーが見つかって移植手術ができるようであれば、長く生きられる可能性も残っているということ。その上でいろはにそばにいてほしいということ。

伝えたかったんだ。怖いかもしれない。でも、いろはといっしょならって。そうして初恋の人を抱き締めたかった。

けれど、神様はまたしても優しくはなかった。俺は、世界で一番大事な人の心に大きな傷をつけてしまった。

「……どちら様、ですか？」

その日、中禅寺湖からは６月だというのに冷たい風が吹き付けてきた。目の前には、まるで魂が抜け切ったような顔をしている少女がいる。

好きだと言いたかった。奇跡的にドナーが見つかって手術ができるようになったら、長生きができる可能性だって残ってるんだって。俺に残された時間は３年だけど、最後まで諦めないからって、言いたかった。

「いろは……？」

「……ここ、どこ…？」

「なに、言ってんだよ……」

「やっ……！　ダレ、ダレ……ダレダレダレダレ」

「誰って……なんだよ、それ」

「誰、だれ、ダレ、山、湖、ミズウミ」

視線が定まらず虚《うつ》ろな顔をしているいろはを見て、全身の力が抜け落ちた。

とっさに両肩を摑んでいろはの体を揺さぶった。なんだこれ、やめてくれ。ひどく怖くなって、何度もいろはの名前を呼んだ。

けれど、返事がくることは一度だってなかった。

「俺だよ、こっちを見てくれよ」

——頼むから。

「なあ!!」

これ以上、俺から奪わないでくれ。

「いろはっ!!」

「や……ヤメテ、ヤメテ」

ほどなくしてカタカタといろはの体が震えていった。俺の声は結局君に届くことはなかった。

好きだ、と言いたかった。それは俺の傲慢《ごうまん》だったのかもしれない。

いろはにとって、その事実はあまりにも酷な内容だったのだ。

そのまま彼女は俺と同じ総合病院に入院することになった。学校を休むようになった俺といろはを心配して、サトルとエリが見舞いに来た。その時に俺の病気について二人に話した。

　2人とも大きなショックを受けているようだった。エリは涙を流していた。サトルは泣いてはいなかったが、強く拳《こぶし》を握っているのが視界の端で窺えた。

「そんなっ……3年ってっ……」

「ごめん。ずっと言えてなくて。でも、1%でも可能性があるのなら、諦めたくないと思ってるから」

「正直いろいろと困惑してるよ。ヨータのこともいろはちゃんのことも、ああそうですかって、すんなり受け入れられる内容じゃない」

「ごめん」

「辛いのはおまえだろうに、謝るなよ。……それで、いろはちゃんは？」

サトルからいろはのことを聞かれると、喉の奥がつっかえた。

いろはは、重度のトラウマやストレスによって解離性健忘を引き起こしたと診断された。それほど受け入れがたい事実だったことは明白だった。

「家族のことも、俺のことも、何も覚えてない。たぶん、サトルとエリのことも……分からないと思う」

「……そんなっ」

「昔から世話になってる絵の先生も見舞いにきたけど、ダメだった」

「どうにかして記憶、取り戻せねえのかよ。ヨータだって毎日戦ってんのに、こんなんじゃ、あんまりだ」

ショックでエリはボロボロと泣いていた。

サトルは自分のことのように悔しがっていた。

「俺は毎日話しかけるよ。いつか思い出してもらえるその時まで、ぜったいに生きてやるって決めてる」

「ヨータ……」

「今度は俺がいろはを助ける。諦めない、ぜったいに」

3年という月日は長かった。体調が優れない日以外は基本的に毎日、いろはの病室を訪れた。いろはのご両親は無理して通ってくれなくてもいい、と言ってくれたが、やめたくはなかった。もう一度、君に伝えたいことがあったから。

「入るよ、いろは」

繋がっている点滴がカランと揺れる。高校生の頃とは違い、髪は胸もとまで伸びている。今日も彼女と視線があうことはなかった。

「またそれを読んでるの」

いろははあの日から魂が抜け落ちたようになり、常にぼんやりするようになった。けれど、おそらく彼女の中の無意識があるのか、決まって毎日同じ行動をとることが確認されていた。

手もとには高校時代に書いていた日記が握られている。読むことはできているのか分からないが、いつも同じページばかりを眺めているのだ。

「高校……、ガッコウ」

「うん」

そして決まって同じ言葉を繰り返す。

「準備……行かなきゃ、ガッコウ」

「もう21歳になっちゃうけど、行けんのかな」

「ガッコウ、デンシャ」

「電車ね、また乗りたいな、いっしょに」

会話は成立していない。いろはには俺が見えていない。3年という時間、それでも毎日話しかけた。

どんな形でもいいから、もう一度俺の目を見てほしい。笑ってほしい。名前を、呼んで——。

「いろは。俺さ、今度手術することになったんだよ」

「……」

「3年以内には見つからないって言われてた。でも、奇跡的にドナーが見つかったんだ」

「……」

「移植手術、受けようと思う。すげー難しいみたいだけど、ぜったい成功するっていう保証もないけど、でも、賭けてみたいと思うんだ」

視線が合わないいろはの横顔は、陽の光に溶けるほどに綺麗だった。愛おしいと思う。君に、また触れたいと思う。

「好きだよ、ずっと」

何年経っても、俺の大事な人は変わらない。

そして、この日が来た。３年前に、日光に行ったこの日。奇跡が起こった。

その日の早朝。いろははいつものように独り言を言っていたそうだ。看護師いわく、この日だけは様子が違っていたという。

「早乙女さんが、ワンピースを着ているんです」

それを聞いて、まさか——と思った。今日は６月７日だからだ。

「おそらく、自分を高校生だと思っているみたいなのですが、今日は学校をサボります……って、どうしちゃったのかしら……」

「それって……」

「なんかね、いつも乗ってる電車がどうだって……、いつも単語ばっかりだったから、こんなに口をきくのは初めてで。それに、いつも大事そうにしているリュック、あるでしょう？　それを持って外に出ようとするのよ」

ハッとした。確かにいろはには、日記のほかに唯一反応を示すものがあった。

３年前に日光に行った時に持っていたリュックだった。中には当時の観光マップがそのまま入っていたけれど、彼女が中を開こうとすることはなかったのだが。

「もしかしたら……日光に行こうとしているのかも」

「日光に？」

「先生を呼んでもらえますか。これは最後のチャンスかもしれません」

無理を言って担当医に外出をしたいと申し出た。いろはの親父さん、幼い頃から絵を教えてくださっていた先生、エリとサトルにも、急ではあったが事情を説明して協力してもらった。まともに会話ができるようになった今なら、もしかしたら、思い出すかもしれない。混乱をするかもしれないから、いろはにあわせて他人のふりをしてもらうこと。

――……1時間5分の奇跡。

いろはのリュックには、看護師さんが気を利かせてお菓子を入れてくれたようだった。彼女は看護師さんを誰であるか認識していないようだったが、当時利用していた最寄り駅に下ろしてあげると、もぬけの殻だった表情に色がついたという。

ガタンゴトン……。

電車は刻々と終点に近づいてゆく。

＊

「二人してさっきから同じことを言い合ってるな」

ヨータは可笑しそうに笑う。私もつられて笑ってしまった。

誰よりも走ることが好きだったヨータは、道半ばにしてその足を奪われ、掲げていた夢は儚《はかな》く散ってしまった。挫折《ざせつ》。絶望。一度は下を向いてしまったけれど彼は再び前を見ることを決意してくれた。他の道を探そうとしたのかもしれないし、諦めないことを決めたのかもしれない。けれどそれもつかの間だった。彼はまもなく、あと3年しか生きられないと告げられる。

あまりに残酷な運命だ。私の知らないところでヨータはたくさんの壁にぶつかってきた。今度こそ折れてしまっても仕方がない。それでも私には、あの日、日光の地を踏みしめていたヨータには、硬い意思があるように見えた。屈してなどいなかった。

――あの時、ヨータはなにを言おうとしていたんだろう。

「いろは、さ、また絵……描いてよ」

「……え？」

見上げれば優しい表情をしたヨータがいた。正気に戻るとあらためてはずかしい状況にあることに気づく。公共交通機関の中でのこの距離は、モラル的に問題がありそう。

……だけど、今だけは、許してほしい。

「好きなんだ。いろはの絵。それに、また描いてもらえるだなんて思ってなかったからさ。あれ、すごく嬉しかった。俺がほしいくらいだったし」

ヨータはミユちゃんにあげた絵のことを言ってる。あの時もほぼ無意識に指が動いてしまっていたんだよな……。

藤江先生はどう思ったのかな。あれ以来、絵に関する興味をまるきり示さなくなってしまった私が、再び鉛筆を走らせている場面はどう映ったんだろう。あの涙は、きっとそういう涙だった。

「また描いてほしい。俺はずっと、どこにいたって応援してる。俺は一番のファンだから」

「最高の味方だね」

「ハハ、そうだろ？　それと、さ。俺も見つけたんだ」

「何を見つけたの？」

「……あたらしい夢」

まるきり大人びた顔つきをした彼をヨータだと認識するのは、照れ臭くてむず痒い。

それはヨータも一緒なのかもしれない。

全ての記憶を取り戻したからか、いつのまにか私は本来の年齢に相応《ふさわ》しい口調になっていた。当初は見せなかった愛しげな瞳がそこにはあった。嬉しいのかなんなのか分からない。切ない。苦しい。苦しい。いくらでも泣けてくるから。

「手術、成功するか分からないけど、もし成功して日常的な生活が送れるようになったら、陸上のコーチをしたいと思ってる」

何が起こるか分かっている日々なんて、そんなのは本当の人生とはいわない。待っているのはひどい虚無感だけだ。

〝生きながら〟生きるには、一歩を踏み出さなくてはならない。何が起こるか分からない。それが人生なのである。

「俺はもう走れない。だけど、その想いを伝えることはできる。今までとは違う形だとしても、目標は同じなんだ。俺のやり方で、夢だったインターハイに挑戦したい」

ヘラヘラしていた〝ハルナさん〟はどこへやら。ヨータはやっぱりヨータだった。そして3年前の願い事はとっくに叶っていたんだって思ったら、際限なく涙腺《るいせん》が緩んでしまう。

「私も、プロの絵描きになる。まずは専門学校に通うよ。それと私自身ももっともっと強くなって、たくさんの人に勇気を与えたい」

「なれるよ、いろはなら」

「ねえ、3年前、俺になにを拝んだかって聞いてきたの、覚えてる？」

「東照宮の？」

「うん。実をいうとさ、その内容、別に神様に願うまでもないものだったんだ」

ヨータは懐かしそうにあの日の話題を口にする。とっても最近にあったはずが、実はそれは3年も前の出来事だった。あの時は〝御利益がなくなる〟と言って教えてはくれなかったけど、あれから叶ったのか、叶わなかったのか。切なげに彼を見上げる私は、ふと、中禅寺湖のベンチでの最後の瞬間を思い出していた。

「好きだよ、いろは」

――その声はやけにリアルに。すぐ耳元で囁かれた。鳥肌が立った。胸が張り裂けそう。ボロボロと涙が溢れてくる。嬉しいのに、痛くて切ない。意味分からない感情の渦。

……そうだ。あの時もあなたは言おうとしていた。だから病気のことも全部、受け入れてほしかったんだ。

ああ、時間がかかりすぎた。その二言を伝えるだけに3年かかった。でも伝わった時は、生きるか死ぬかの瀬戸際《せとぎわ》で。怖くて、痛くて、やるせなくて、嬉しくて、切なくて、愛おしくて。だからこそ、今この時から逃げちゃいけない。忘れてはいけない。

「この返事、手術が終わったら聞かせてよ」

「……えっ」

「きっと、命を繋いでみせるから」

——何が起こるか分からないからこそ、私たちは前に進むのだ。

『まもなく〜終点、東武日光です』

ツン、と胸が痛くなった。まるで言い逃げされたみたいじゃないか、と返す言葉を選んでいると、抑揚のない車掌のアナウンスが私たちの会話に割って入ってくる。なんとなく、ここでお別れな気がした。

「もう、終点か……」

ヨータは寂しそうに外を眺めた。

「そう、だね」

「名残惜しいな」

「うん」

「俺、すぐに病院に戻らないといけないんだ。だからいろはとはここで一旦お別れ……かな」

いつ消えるかも分からない命の灯。今日だってかなり無理をして外出をしてくれたのだろう。ベッドから起き上がるだけでも大変だっただろうに、ヨータは辛そうな表情ひとつ見せなかった。

漠然とした不安がないといえば嘘になる。今こうして生きていることすら奇跡に近いのだ、と考えて胸が苦しくなった。

「大事な手術前に外出許可が貰えたのも、行きの電車だけって厳しい条件付きだったから。東武日光駅についたら即車で病院に連れ戻されるんだ」と、切なげに付け足したヨータは、もう一度私という存在を確かめるように両頬を包み込んできた。

――怖いし、不安だけれど、きっと大丈夫。

私もヨータも強く想いあっているから。

「すぐ追いかける。すぐ、ヨータの病院に行く」

「……本当？」

「絶対行く」

「じゃあ、元気になったら、また俺の絵、描いてね」

「うん、ぜったい、ぜったい描くよ」

「それから、やりたいことも山ほどあるから覚悟していて。その前に告白の返事も聞かなきゃいけないよな……緊張する」

「……うん」

「一番に聞かせて」

「一番に伝えに行く」

返事がなんであるかなんて見え見えだ。これは彼なりの願掛けなんだろう。頬を染めている私を見て、ヨータは嬉しそうに瞳を下げていた。

「また電車旅がしたい」

「うん」

「今度こそ日光もリベンジしたい」

「うん」

「団子食べたい」

「うん」

「温泉にも入りたい」

「うん」

「……それと、いろはのことを思い切りかき抱きたい。たくさん触れたい。もっと声が聞きたい。キスも、もっとしたい。それ以上のことも、全部したい」

「……う、ん」

耳元で甘く囁かれる度に肩が震えた。ああ、涙が止まらない。もっと一緒にいたい。できるなら、片時も離れたくないと、ヨータが困ってしまうような我儘《わがまま》を言ってしまいそうになる。

瞳を揺らして彼を見つめる。ヨータも私を見つめていた。頬《ほお》を撫でる指。顔が自然と近づくと、あ……まただと思った。

「最後にもう一回。これでほんとに、頑張れる」

程なくして唇が触れ合う。告白の返事もまだなのに、いろいろと順序がバラバラだ。

でも今はそれでよかった。唇の味。温度。それを全部頭に焼き付けるように——。３年分の想いをこめて。ただ単純に、あなたを感じていたかった。

再出発

Fresh start

「位置についてぇー、ヨーイッ」

――パァン!!

中学校の運動会。１００メートル走の種目。ヨータが走る順番になった。

スタートラインに立った少年は、ピストルの音を聞くなり猛スピードで先頭に立った。

沸き上がる歓声。フォームがため息が出るくらいに綺麗《きれい》だった。どんどんと引き離していくヨータをみて、心が震え上がったのをよく覚えてる。

地面を力強く踏みつけ、風をきる。ゴールテープが切られたとき、私が走っているわけじゃないのに、すごく清々《すがすが》しかった。

「ヨータ、すごい！　一位だよ！」

「そりゃあ陸部だしな」

「だけどさ、びゅーんって！　ぶっちぎりだった！」

応援席に戻ってきたヨータにすかさず声をかける。

「なんだそれ、そんなに俺《おれ》のこと見てたの？」

「……えっ、あ、べつにそういうわけじゃ――」

「そっかそっか。じゃあ、次のリレーもぶっちぎりで勝たなきゃな」

なんだ急に。見てたとか……見てたけども！

「アンカーでしょ？　私は応援係だけど、ぜったい優勝しようね！」

「おう」

まるで風のような人だ。ヨータは実に気持ちよさそうに走る。そんな彼をいつまでも見ていたいと思う。

「あ、そうだ」

「ん？」

「これ、交換したいんだけど」

すると、おもむろにヨータがこちらを振り返ってくる。差し出してきたのは、クラスカラーの青色の鉢巻きだ。

は、鉢巻き……？

これを交換することがどういうことであるか、知っているのかな。――運動会で鉢巻きを交換した男女は幸せになれる。これはうちの学校で伝わっているジンクスだ。

「ん」

知ってか知らずか、ヨータは無造作に鉢巻きを突き出してくる。受け取る手は緊張で震えてしまった。意識しすぎ？　でも、嬉《うれ》しい。

「わ、分かった……いいよ」

つけていた鉢巻きを解いてヨータに渡すと、自分の額にそれを結びつけた。これ、付き合ってる男子と女子がよくやってるやつなんだけど……本当に分かってるのかな。

「知ってる？　最近ヨータって女子たちの間で人気なんだよ」

周りからチクチクと視線を感じる。あれは学年で一番人気と言われている山本さんだ。ヨータのこと気にしているのかな、と考えるといい気持ちがしなかった。

「ふーん、そうなんだ」

「ねえ、なにその反応。少しも関心ないみたいで変だよ」

「だってべつに興味ないし」

「ヨータって部活のことしか頭にないんだね」

「そんなことないよ」

スポーツドリンクを喉《のど》に流し込むヨータを見る。同学年の男子なんて、誰が好きだとか誰が可愛《かわい》いとかそんなことばっかり話しているというのに。

「絶対そうじゃん」

「そんなことない」

「説得力ないんだけど……」

朝から晩まで練習に明け暮れているヨータは部活バカだ。まあ、そういうところがいいんだけど。

「ほんとだって。人並みにそりゃあまあいろんなこと、考えてるし」

「いろんなことって……？」

曇りひとつない透き通った瞳にジッと見つめられてドキリとした。

「俺だって他の男子といっしょだよ」

「……い、いっしょ、とは」

「うーん、手を繋《つな》いだり、ハグしたり、めっちゃしたいって思ってるしね」

「ハッ……！」

まさか、いかがわしい動画を見て喜んでる男子たちと同じだっていうのか。だ、誰と？　思えばヨータって付き合ってる子、いなかったよね。好きな人はいるのかな。

「でも、今の俺じゃ、まだダメだから」

「……今の？」

「もっと、誰よりも、一番速く走れる男に――ならないと」

もう十分頑張ってるよって、思った。ヨータのそばにいると、私ももっと努力しなければならないという気にさせられる。

ヨータが目指す場所っていうのはどこなんだろう。大きな競技場の中で、たくさんの観客に囲まれながらゴールテープを切るヨータの姿が脳裏に浮かぶ。

観客の中に、私もいる。グラウンドの真ん中で高らかにガッツポーズをするヨータに手を振っている。まるで夢のような世界。

「だから、今のうちに予約しておこうと思って」

「予約？」

どういうこと？　見ればヨータは交換した鉢巻きを指さして、クスリと笑っていた。

「この先もずっと、応援してて」

するよ。するに決まってる。

この人の近くにずっといたいと思う。釣り合うような女の子になりたいと思う。いっしょに夢に向かって頑張っていきたいと思う。

「春名くーん！」

「頑張れぇぇぇ！」

「全員抜いちゃってー！」

運動会最後の種目のクラス対抗リレーで、ラインの上にアンカーの生徒たちが並んだ。うちのクラスは今5クラスのうち3位でアンカーにバトンが回ろうとしている。

沸き上がっている女の子たちに負けないように、息を吸った。

届け。届け。私の声。いつだってヨータはキラキラしてる。

誰よりもはやく駆け抜ける。

「行けぇぇー!!　ヨータぁー!!」

バトンが回ってくる寸前に目があった気がする。ついさっき交換した私の鉢巻がヒラリと風にのって揺れた。

3着でバトンを受け取ったヨータは、あっという間に2位の選手を追い抜き、ラスト50メートルのところで1位の選手に並んだ。

――抜く。跳ねる。飛ぶ。駆ける。

一瞬、幻覚のようなものが見えて目を擦《こす》る。

羽が舞い散った。ヨータの足には、どこまでもどこまでも青空まで走っていけてしまうような、翼が――生えていたんだ。

先頭を走っていた選手を抜き去ったヨータは、1着でゴールテープを切った。沸き上がる歓声。汗を拭《ぬぐ》った彼は、私を見て力強く拳《こぶし》を振り上げた。


「今でも、見えるよ」

「なにが？」

「ヨータには、翼が生えてる」

　なんとなくな気持ちからはじまったはずの電車旅がもうすぐ終わる。

　いつのまにか向かいあうのではなく、ヨータの座っている席に移動して、２人並んで電車に揺られていた。

　手を繋ぎながら、移りゆく風景を眺めた。ゆったりとした時間。ずっとこうしたかったんだと思える。

「希望の翼、あの時から見えてるの」

「あの時？」

「うん、予約なんてしなくてもよかったのに」

　名残惜しいと思う。一度目を見開いたヨータは、照れ臭そうに目を細めて手を繋いでくれる。

「……あれ、結構勇気振り絞ったんだよ」

ヨータも覚えていたようだ。中学校で流行《はや》っていたジンクスもきっと知っていて交換したんだろう。

「え、全然そんな風には見えなかった」

「いや、中坊にしてはなかなか頑張ったと思うんだけど……」

——旅とは、日常の中の非日常だ。未知なる出会いは多くの気づきと学びをくれた。

未知だからこそ、進むには勇気がいる。未知だからこそ、怖くて逃げだしてしまうこともある。人は弱く脆《もろ》い生き物だから。

できることよりもできないことの方が多いし、それだから悩んでクヨクヨするし、受け入れがたい現実からは目を逸《そ》らしてしまいたくなる。

だけど1人ではなく2人でならどうだろう。支えあえる者がいるのなら、人は無限に強くなれるのではないだろうか。そうやって人は立っていられるのだと思う。

「もう着くな」

「……うん」

この電車旅は、私の人生そのものである。

私たちのボックス席は常に涙が流された。想いの涙が。祈りの涙が。そしてそれは——まさに1時間5分の奇跡だったのだ。

『東武《とうぶ》日光《にっこう》～東武日光～終点です』

プシュー、扉が開く。草木の匂いが鼻孔を掠《かす》め、心地よい風が吹き付けてきた。電車の外にはまだ見ぬ世界が広がっていた。何度も訪れているはずの場所は、３年前と比べて大きく変化している。ああ、終わりではなく、ここは旅の折り返し地点だった。

人の列に交ざって改札をくぐる。あの人の姿が見えなくなってから私は辺りを見回した。切なさの中に混じる愛おしく懐《なつ》かしい香り。

前を見よう。レールはずっと先まで続いてる。涙を拭って、一歩足を踏み出した。

ここからだ。

ここからまた旅がはじまり、人生という電車が——再出発するのだろう。

あとがき

はじめまして。一ノ瀬亜子と申します。

この度は本書をお手にとっていただき、本当にありがとうございました。

この作品は、コンテストで受賞させていただいた作品になり、執筆していた当初はまさか書籍化するとは夢にも思ってもおりませんでした。

今も、ドキドキしております。

さて、この作品の舞台となっている栃木県は、私が生まれ育った故郷になります。

馴染《なじ》みのある場所もございますが、その中でも、観光地として有名な日光は、個人的にも大好きな場所です。

春夏秋冬でさまざまな顔を見せますので、どの季節に遊びにいっても情緒があります。

それから、名物の湯葉も美味《おい》しい……。

主人公いろはと一緒に、日光の鮮やかな風景を思い浮かべていただけたら嬉《うれ》しいです！


私は高校生の頃、いったいなんのために毎日電車にのって学校に行って、勉強をしているのか、頑張り続けているのか、分からなくなることがありました。

そういう時に、通学電車を終点まで乗り過ごしてみたいなー……なんて漠然と考えたり。


旅というものは、きっと、リフレッシュという意味はもちろんですが、忘れかけていた大事なものに気づくきっかけもくれるのだと思います。


ローカル電車のボックス席。

いろはの正面には、陽太《ようた》が座っていましたが、あなたの向かい側には誰が座っているのでしょうか……？

この作品を読んで、少しでも前向きな気持ちになっていただけたら嬉しいです。

さて、ここからは謝辞となります。

まずは、この作品を見出していただいたコンテスト審査員の皆々さま。そして、書籍化に携わってくださった担当さま、関係者さま。

そして最後に読者の皆さま、本当にありがとうございました！

少しでも多くの方とご縁があることを願っております。

二〇二三年三月　一ノ瀬亜子

ナミダ列車

1時間5分、君とたどる奇跡

The Namida Train
Ako Ichinose

2023年5月19日　初版発行

一ノ瀬 亜子
Ako Ichinose

小説投稿サイト「魔法のｉらんど」で活躍中の人気作家。魔法のｉらんど文庫「溺愛BEST」でデビュー。本作品で2021年魔法のｉらんど小説大賞『青春恋愛』部門 部門賞受賞。

Twitter：akoooo_31

著 ―――――――― 一ノ瀬 亜子

発行者 ―――――――― 山下直久

編集長 ―――――――― 藤田明子

担当 ―――――――― 岡本真一

編集 ―――――――― ホビー書籍編集部

装丁デザイン　名和田耕平デザイン事務所
（名和田耕平＋小原果穂＋高橋仁菜）

カバーイラスト ―――――――― あんよ

発行 ―――――――― 株式会社KADOKAWA
〒102-8177　東京都千代田区富士見2-13-3
電話：0570-002-301（ナビダイヤル）

印刷・製本 ―――――――― 大日本印刷株式会社

●お問い合わせ
https://www.kadokawa.co.jp/
（「お問い合わせ」へお進みください）
※内容によっては、お答えできない場合があります。
※サポートは日本国内のみとさせていただきます。
※Japanese text only

定価はカバーに表示してあります。

Printed in Japan
ISBN 978-4-04-737438-6　C0093